岩 波 文 庫

31-028-11

新　編

虚　子　自　伝

高浜虚子著
岸本尚毅編

岩 波 書 店

目次

新編　虚子自伝

西の下

需《もと》めらるるままに、ごく平凡な人間のことをごく平凡に簡単に述べてみましょう。

私は四国の一隅にある松山という小都会に生れました。そこには町のまん中に古い城が、かなり高い山の上に今でも存在しておりますが、市街はその山をとり巻いてあるのであります。その市街は北の方はまばらでありますが、南の方に膨れております。私はその南の方の市街のほぼ中央のところで生れたのでありますが、生れた年に一家をあげて松山から三里あまり隔っておる風早《かざはや》の西《にし》の下《げ》というところに移住しました。それは父が百姓になるつもりで、家族を連れて移住したのでありました。廃藩置県で、しかも松山藩は一旦朝敵という側にまわりましたので、士は職を失って、大した官吏にも採用されることができませんでした。官吏というものは大がい薩長土の人々が入り込んで来まして、県の要路をしめました。それで中には商売人になるものもありましたが、それ等はよほど小才の利く人でありまして、大がい無職のまま居食《いぐい》をしたり、あるいは県庁か郡役所の小役人になったり、中には小使になったりする者もありました。がまた中にはよく軍談、戦記などにあるように、剣や槍を捨てて百姓になる者もありました。私の父はその方法を選んで、帰農ということに決心したらしいのであります。このごろの世情に照らし合わせてみますと、この帰農ということも、その場合極めて自然なことであったように考えられるのであります。

私の兄は私よりも二十上で、それが長兄でありまして、次は十七上の中兄、次は十五上の三兄、それからずっと年が離れて私と四人兄弟でありましたが、その四人とその時分六十歳位でありました祖母を連れて、父は馴れぬ鋤鍬をとる積りであったのであります。

幼い私の目に初めて映った天地は、その西の下の風光でありました。東の方には河野氏の城趾があるという高縄山《たかなわやま》がそびえておりまして、それからずっと北に渡っている山脈の端《はず》れに恵良《えりょう》、腰折《こしおれ》という風折烏帽子のような二つの山がありまして、それから海の中には、鹿島《かしま》という鹿のおる島がありまして、それから西の方の海の中には、千切《ちきり》、小鹿島《こがしま》、他に二つの岩が並んでおりました、夕方になると、日がこの千切、小鹿島の後の方に落ちまして、白帆が静かにその前に浮んでおりました。夜になると狐火が高縄山の麓の方にチラチラ灯ることがありました。私の家は畑の中に四軒並んでいるその一番北のはずれの家でありました。この四軒は皆同じような考えのもとに帰農した人々でありまして、交際するのもこの四軒の人々だけでありました。少し隔ったところには村がありまして、そこには生えぬきの百姓が住んでいたのでありましたが、それ等の人々とはあまり交際しなかったように思います。その時分はまだ維新後間もないことでありましたから、地元の百姓達も、四軒の帰農した人達を憚かっておったというところもありましょうし、謂わば敬遠しておった傾きがあったのでありましょう、百姓達はこの帰農した人達を郷居《ごうきょ》さんと呼んでいました。「郷居さん郷居さん……」何とかという俚謡のようなものが彼等の口に謡われて、怪しい手つきで鋤、鍬を持っているのをあざけったような歌があったことを、後になって聞いたことがありました。

私の漸く物心がつき始めた時分に目に映ったところのものは、それらの山や海でありましたが、その他、家の前を通っておる街道に、南無大師遍照金剛……と声を長く引っぱって、杖を突いて来る遍路の姿がありました。私の家は近所の百姓家を壊してここに運んできて建てたのでありましたが、はいるといきなり広い土間がありまして、そこは一寸《ちょっと》店になりそうな構えでありました。母はこの店のような構えを利用して、お焼ととなえる焼餅を売ることを思いついたらしく、その後そのお焼を焼く鍋と上に焼判《やきばん》を押す菊の形をした判が残っておったことを記憶します。それは私の物心つく前のことでありまして、もとより店に立ち寄る客もあまりなく、それはすぐやめたことと思います。私はその店のかまちに腰を掛けている母の膝に乗っかって、表を眺めておりますと、遍路が南無大師遍照金剛ととなえながら杖を突いてくるのを、神秘なもののように眺めておったことを覚えております。

すぐ近くに、あまり大きい川ではありませんが、それでも大川とよんでおる川がありまして、それに土橋がかかっておりましたが、その橋のたもとの堤の上に、大師堂がありました。その大師堂のほとりに石が立っておりまして、その石に「阿波のへんろの墓」と古風な字で刻んでありました。これは沢山来る遍路の中に、この道端で亡くなった一人の遍路の墓であろうと思われました。生国は何処かと訊いた時分にその遍路は阿波と答えたものでありましょう。何か哀れな物語がありそうに思えるのでありました。

またこういう話もあります。ある時村の女の子が私を抱いて母に届けて来ました。表に遊んでいた私を、ある一人の女の遍路が抱き上げて、大川の土橋の向うまで連れて行ったのを、その娘が通りかかって気がついたので、その遍路の手から私を受け取って、連れて来たのだということがあったそうであります。丁度私位な子供を亡くした、哀れな女遍路であったろうということでありました。

店の上りがまちに腰かけている母の膝に乗っかって往来を眺めておる私の眼に映った遍路は、首に数珠をかけ、胸には合財袋《がっさいぶくろ》をさげ、白い衣にはお寺の判を沢山押していて、片手には杖を突いていて、南無大師遍照金剛……と、節をつけて、長く引っぱりながらとなえて来るのは、不思議なものに思えたのでありました。朝から日暮まで何人となく、その遍路が門辺をすぎ去ってゆくのでありました。

私は八つの年までこの西の下におったのでありますから、次に話すことも四つか五つ位の時のことであろうと思いますが、丁度私の家の前あたりに来て、電信の柱を立てておる人々がありました。これはその時分に電信線が初めてこの辺にも引かれたものであろうと思います。四、五人の人が何か話しながらその工事をしておるのを、不思議なものとして眺めておったのでありました。それからその工夫が去った後に行ってみると、電線の切れっ端が落ちておるのが目に止りました。私はこの電線の切れっ端を拾って帰って、何時までもそれを玩具箱の中に蔵《しま》っておいたことを覚えております。玩具というものは、ほとんど何もありませんでした。が玩具箱というものはありまして、その中にいろいろ拾って来たものを集めておったことを覚えております。この電線の切れっ端は、その中でも大事なものの一つでありました。それからこの工事が終って後のことでありましたが、冬になって空っ風の吹く時分に、ふと笛のような音が何処からとなく伝わって来ました。それはこの電線のあたりから来るもののようでありました。電信柱に近づいて行くと、まさしくそれは電線から来るものであることが判りました。耳を当てていると、響は遠く遠く遠方の方から来るもののように思えました。私は暫くの間は毎日のようにこの電信の柱に耳を当てることを繰り返していたように覚えております。

私は孤独といってもいいのでありました。もっとも四軒並んでいる家には、四軒とも子供がありまして、それ等とは毎日のように遊んでおったかと思いますが、しかし他の三軒の子供が一団となって遊んでいる時分に、私は独りでおることが多かったように覚えております。ただ隣の家に私と同年の女の子がありまして、その女の子は勝気な強い娘でありました。大川の土橋のもとで水を叩いて泳いでいるのはこの娘の方でありまして、私は岸に立ってそれを眺めていました。また近所の村の子供と出くわすと、その村の子供達はよく私等に向って石を放りました。私は石を放りませんでしたが、私をかばうようにして、先に出て石を放り返すのはこの娘でありました。

世の中と隔った、ただ四軒のみで作っている世界の中に、私は八歳の年まで住まっておったのであります。ある時私は、どうしたことであったのか、弓を作ることを覚えました。けれどもそれは、あり合う竹を曲げて弓を作り、箸を矢としたものでありました。そうしてこれで雀を射ようと決心しました。家を出て畑の中に立って、そこに来て止る雀を射ました。雀は私の矢が弓を離れるより前に飛びました。遠く逃げる雀のあとを追ってまた射ました。雀はまた飛び去りました。そんなことをして、一日雀を追うて歩いたことがありました。

半里隔っている北条《ほうじょう》というところに、母に負ぶさって行ったことがありました。母は筵囲《むしろがこ》いの前で、金を払って大きな札を受取って、その囲いの中に入りました。目の前に現われた世界は恐しいものでありました。それは一人の男が切腹をして、赤い血潮を出しているところでありました。私はおびえて泣きました。母はそのまま筵囲いの小屋を出て、また私を負ぶって半里の道を帰って来ました。途中で気の毒になって、母に引き返してゆくことを奨《すす》めました。それは私の家がやっと見えはじめた松並木の外れの所でありました。母はもう芝居なんかは見なくてもよい、私と二人でいさえすればそれが一番自分には楽しいのだ、と言いました。

この母について少しく語らして貰いましょう。母は背の低い、色の白い女でした。不幸にも孤独に等しい境涯でありまして、幼い時分は親戚の漢学者の老人の許に養われて、その老人から多分の教育を受けました。字も相当に書きましたし、歌も詠みました。しかし家政のことには全く疎うございました。祖母が極めて厳格な性質でありましたから、座布団を敷いて坐るということすらも許されなかったという話でありました。家政はもとより祖母の手にありました。長兄に嫁を貰ってから、万事その嫁の方を仕込んで、家政は祖母の手から直ちに長兄の嫁に渡されました。この母は私によくお伽話をしてくれました。その中には太田道灌に蓑を貸さなかった娘の話や、清少納言が簾をかかげた話や、西行法師の鴫《しぎ》立つ沢の話や、小式部内侍《こしきぶのないし》の大江山の歌の話などもしてくれました。それから「こぼさん、こぼさん、花折りにおいきんか、花は何花さくら花、一本折ってはお手に持ち、二本折っては腰にさし、三本目には日が暮れて、あんな小屋へ泊ろか、こんな小屋へ泊ろか、あんな小屋へ泊って、朝起きてみたれば、花のような女郎衆が、紫(?)さかずき手に持ちて、一杯参れ上戸殿《じょうごどの》、二杯参れ上戸殿……」というような歌も歌ってくれました。また、屏風に貼っている一枚の絵を、指さして話しました。その絵は船頭の他に一人客が乗っている船が描いてあって、遠方には桃の花が咲いている絵でありました。その絵を指さして、宮島へ行った時分に、丁度こんな塩梅にいい天気であって、海は静かであったが、私が退屈がって、早く家へ帰ろう帰ろうと言ったのに困ったことがあったという話をしました。千切、高縄山の麓に狐火が灯るといって、一聯の火を指さしたのもこの母でありました。千切、小鹿島の向うに日が落ち込んで、空を赤く染めているその手前に白帆が浮んでいる景色を、いい景色だと言って私に指さしたのもこの母でありました。そうして、大川の土橋の下で隣の娘が勇敢に泳いでいるのを、岸に立って眺めている私にしたのも、この母でありました。物におびえると直ちに母の膝に乗って噛りつくのが常でありましたが、その時母は私を抱きしめて、怖いものには近よるな、と言いました。私は母が四十八歳の時に生れた老後の子でありました。そして三人の兄とは十五から二十、年が違っておりました。

松山

私は八歳までこの西の下におりましたが、兄達が百姓をすることを嫌って、各々松山に職を求めるようになりました結果、父もついに鋤、鍬を放棄しまして、一家を纏めて松山に帰って来るようになりました。松山も、もと住まっていた家は、もう人手に渡っていましたので、帰った当座は間借をしたりしまして、不自由な生活をしておりました。総て今日の世相と同じだと思います。長兄が、その時分のもとの藩士が大がいそうであったように、県庁の下級官吏となりまして、僅かに一家をささえることになりました。中兄は師範学校に入りまして、小学校の教員になろうと志しました。三兄は靴の職工になることを志しまして、その技術を習いました。私は近所の小学校に入りました。私は西の下の僅か四軒の家で作られている世界から、俄《にわか》に松山の城下の多勢の人の中に移されたのでありました。小学校は松山にある三つの小学校の中の一番小規模の学校でありました。老いた教員と若い教員が三人許《ばか》りおったように思います。半年ごとに進級しました。私は一、二度、二級とんで進級したことを覚えています。

父は禄券《ろくけん》というものを貰いまして、それだけの金で生計をたてるべく、西の下に移ったのでありましたが、その禄券の金はある人に融通したために、ついに戻らなくなりました。父は武術の方面では、若い時分に九州の久留米《くるめ》、柳河《やながわ》等の有名な撃剣道場に修業をして廻り、その方面では多少の自信がありましたし、また藩の剣術監というものに抜擢せられた位の腕をもっていたのでありましたが、財政の方面には全くの素人でありました。それがために、廃藩後の唯一の財産であった禄券も、人に欺されて流用された形でありました。若冠で父から家督を譲られた長兄は、細心にしかも営々として、その窮境を脱すべく努力して、僅かながらもその人に貸した禄券の口を回収したり、またつましい暮しの中から、多少の貯蓄をしたりして、ついに一軒の家を求めまして、それに移ることになりました。その後私の祖母が亡くなり、私は祖母の生家の跡を継がなければならぬことになって、旧姓池内《いけのうち》から高浜という姓になりました。高浜という家は、位牌が二、三あるばかりで、他に何もないのでございました。ただ祖母の生家の名跡を継ぐということになったのでありました。私は小学校を終えて、中学校に通うようになりました。

私は中学校四年の間は、懸命に学課を勉強しました。

　私は目を病んだことがありました。夜ランプの光を見ると、それが朱の色のように真赤で二重にも三重にも見えました。水で目を冷しながら書物を見ていると、その書物の字はしまいには見えなくなりました。それでも夜を更して勉強することを怠りませんでした。私は今でも裸になりますと、左の乳が右の乳より少し上っています。両手を垂らしますと少し左手の方が上に上っています、これはその頃机に凭《もた》れるのに左の肱《ひじ》を突く癖があったので、そうなったのであります。同級の学生の中には、学課を難しがったり、嫌がったりする人もありましたが、私は一向そんなことはなく、むしろ楽しく、また容易《たやす》く覚えました。先生が質問をした時分には、高く手を挙げました。私にさされると得意になって立ち上って説明しました。毎日それは私の勤めのようでありました。その頃ノイスというアメリカの教師が来まして、会話を教えました。ホワット・イズ・ジスと指を示す、ザット・イズ・エ・フィンガーと答えるようなことから始めまして、会話を進めて行きました。そのノイスもマイ・ボーイ・カム・ヒヤと私を呼んで教壇に立たせまして、ノイスの代りにホワット・イズ・ジスと指を示して、他の生徒にザット・イズ・エ・フィンガーと答えさせたりしました。幾何の解答でも、私は教わる前に予習ですべて遣ってしまいました。教員も結局私を黒板の前へ立たせて解答させせました。そんな風で、私は楽しんで学校に通いました。苦痛というものは少しもありませんでした。私の組は甲乙二つに別れていました。甲の組は岩尾という男が首席でありました。乙の組は私が首席でありました。総点数を調べて見ますと、いつも岩尾が一番で私が二番でありました。かくして四年間は夢のように過ぎ去りました。

　五年級になった時分に私は、書肆の店頭によく立ちました。そうしてウェブスターの中辞典を手に入れたことに、無上の喜びを感じました。「文章軌範」や「唐詩選」を愛読しました、そんなことをしている中にふと目に止ったのは、「国民の友」の夏期附録のついている一冊でありました。これを買って来て、坪内逍遥の「細君」幸田露伴の「一口剣《いっこうけん》」などが出ているのを面白いと思って読みました。また「早稲田文学」の一号から愛読しました。また「しがらみ草紙(1)」なども見つけて、それも読みました。この両雑誌の間に交された逍遥、鷗外の「没理想論」なども面白いと思って読みました。これは五年級になってからでありました。

　中学校の運動場で、放課時間に鬼ごっこなどをしておりますと、鬼になった私を「聖人聖人」と皆がからかって逃げるのでありました。中には餓鬼大将のような生徒もありましたが、そういう人々も私には手出しをしませんでした。ただ私を聖人と呼んでひとり除け者にしておりました。

五年級になってからの私は、多少心の動揺を覚え始めました。同級生の中には、卒業したならば士官学校に入るという人も出て来ました。その頃陸海軍の士官になることは、最も先輩の奨励するところでありました。それが旧士族の子弟の選む最もいい道であったかもしれませんでした。が私はそういうものになる気持にはなれませんでした。私は母の膝に乗って、遍路を神秘なものにみたり、風の吹く電信柱に耳を寄せて、遠く遠くの音を聞こうとしたり、夕日の落つる千切、小鹿島の晩景を美しと見たり、高縄山の麓に灯る狐火をこわがったりした幼い時分の気持が抜けませんでした。四年間の学校生活を夢のように過した私は、この頃になって、また大空の彼方のあるものに憧れるような心持を抱いて往来を歩いたり、書肆の前に佇んだりしました。

十八の年に父が亡くなりました。なんとなく父は死なぬもの、父は殺してはならぬもののような心持がしていた父が亡くなりました。丁度その時に四年級から五年級になったのでありました。父は偉い人だと思っていました。長兄は父が剣術監として、藩中の若い人々を率いていた時の容子《ようす》を親しく見て知っているので、よく私に話しました。私の知ってからの父は百姓をしたり、写本をしたり、時には謡をうたったり、時には歌を詠んだりしていまして、自分では昔のことは一言も私に話しませんでしたが、偉い人のように私の目には映りました。

父亡き後の母は淋しそうでありました。ただ兄、嫂の奉仕する儘に暮しておりました。母は私に何になれというようなことは一言も言いませんでした。ただ私の心のままになることを望んでいたように思われました。長兄は一言、医者にならぬかということを言いましたが、私が黙っていたので、その後は何とも言いませんでした。中兄は師範学校を出てから、小学校の教員は暫くしてから止め、他の道を選び、県会議員などになっていました。

京都

その時分の松山藩は、戦に敗れた藩として、その士族はほとんど潰滅され、立ち上る勇気のあるものは極めて少なかったと言ってよいのでありました。父は自分の前半生の誇りを捨て、農に帰する積りで一旦風早の西の下に移ったのでありましたが、七、八年そこに費した挙句、子供等のためにまた松山へ帰って来たのでありました。そのことは既に前に申しましたが、その後の父の生活は極めて単調でありまして、朝起きてから夜ねるまでの毎日の日課は定っておったように思います。私の眼に映った父は、脚の低い机に凭れて、一日中ほとんど筆を執っておったように思います。たまに同好者を集めて、歌の会をやっておるのをみたこともあります。また謡の会をやっておるのをみたこともあります。しかしながら、常に静かな日が、ただ単調に流れてゆく中に、老いたる父母は、その居間に坐っている位置さえ変らずに日常を過していたように思います。そんな按配で、私の家庭は貧しゅうはございましたが、ほとんど波瀾というものはなく過ぎ去って行ったように思います。周囲から余儀なくされる事柄に対しては、立ち上ってそれを処理しなければならなかったかも知れませんが、そういうことすらあまりなかったように私の目には映ったのでございます。前にも言ったように、父はその華やかであった時代の事については、一言も私に話しませんでした。世帯は長兄に委せまして、一切世事に関係しませんでした。

前にも言ったように、母は私に危いところに臨むな、危険なことをするな、ということを事につけて注意しておりました。父もまた前に述べたような容子で日を暮しておりました。その父母の膝下に人となった私は、人と争うというようなことは好まない、臆病な弱虫として養われて来たように思います。同時に世間の人と交際し、何か事を画策《かくさく》し、人と角逐《かくちく》するというようなことは更に教えられませんでした。だから中学校に通うようになってからも、ただ与えられた教科書を忠実に読み、与えられた課題を忠実に考えてみる、ということ以外には何も考えませんでした。同級生の中には、まま教程についての不平を言ったり、また教師の悪口を言ったりする者もありましたが、それは私には全く意外に響くばかりでありまして、成程そんなこともあるものかなあ、と一応考えてみもしましたが、むしろそんなことを兎《と》や角《かく》いう、その同級生を卑しむような気持の起るのみでありました。与えられた教師の許に、与えられた教科書により勉強してゆくということに、何の疑も、何の不平も起す気にはなれなかったのでありました。

その頃の私達の先輩の中には、漸く志を立てて、いろんな方面に進んでゆこうとするような気運がみえておったようでありました。新聞とか雑誌とかいうものも、青年子弟に奮起を促すような記事が絶えずみられるのでありました。東京の名士といわれるような人が時々来て、町の劇場などを借りて講演をしたり、また時には学校に来て訓話めいたことをしてゆくこともありました。私の心は少しずつそれ等のものに刺戟されて、目を世間のものに向けるという傾きでありました。

中学校を卒業する一年ばかり前のことでありましたが、私の級の下の級の者が首唱でありまして、校長の排斥運動を起したことがありました。それは校長のある行為が校長らしくないという点でありました。私の級はその運動に加わる者が少うございました。殊に私はその運動に加わることを喜びませんでした。それからまたその時分行われておった、兵式体操と言っておった兵隊紛いの教練をやっておることについて、生徒仲間に紛紜《ふんぬん》を起したことがありましたが、それにも私は参加しませんでした。それ等のことについてそれ等の人が私を憎むような空気があることが、私にも多少感ぜられるのでありました。私はそれについて争いませんでしたが、心の底には反抗する考えが強く起りました。私は母の許では人に争うな、ということを教えられたのでありますが、自然自然に物に反抗するという心の養われて来ているのを意識するようになりました。そしてその中学生活の最後の一年には、同窓の人々が工科とか法科とか軍人とかいうものに志願する者の多かった中に、私は一人文科を志願しようと思い立ったのでありました。

その時遂に、私の一生の運命を支配したともいうべき一人の人が現れて来ました。それは正岡子規《まさおかしき》でありました。それは同窓生の一人である河東秉五郎《かわひがしへいごろう》の口から、東京帝国大学の文科に学んでおる、正岡子規という人があるということを聞いたのに初まるのでありました。

父が死んだ時分に、悲しみの心を歌う意味で、私は短い詩を作ったことがありました。私はいつか母とただ二人で縁側に坐って、父のことを追憶しておる時分に、この詩をとり出して母に読んで聞かせました。母は黙って聞いておりましたが、ついに泣き始めました。私は悪いことをしたと思って、母の涙を止めさせようとしましたが、それは無効でした。母はいつまでも泣いていました。それ以来私はこの詩を再び手にしませんでした。その時分には私は自分の情緒を託するものには、拙い歌か、もしくは詩の真似をする位のものでありました。まだ俳句というものには縁がなかったのでありました。

前にも言ったように、中学校に入って初め三、四年の間は、ただ学科の勉強をするばかりで、他のことにはあまり触れませんでしたが、四年級の終り頃から漸くそれ以外のものにも目を移すようになり、同時に人との交友も多少多くなり、自然同級生の中にも親疎の別が生じるようになって来ました。河東秉五郎は一年から席を同じゅうしていたのでありますが、それまでは少しも風馬牛《ふうばぎゅう》相関せずにいたのでありました。それがふとしたことから心易くなり、その口から同郷の先輩に正岡子規という人のあることを聞いたのでありました。

私は河東を介して子規に交友を求める手紙を送りました。子規はそれに対して懇篤な返事を呉れました。それが子規との交りの第一歩でありました。

私は迂遠《うえん》であって同郷の先輩に正岡子規なる人のあることは更に知らなかったのでありります。河東と子規との間には、すでに永い間交友があるのでありました。河東静渓《せいけい》という秉五郎のお父さんは漢学者でありまして、子規の外祖父に当る大原観山《おおはらかんざん》というのも漢学者でありました。自然双方の交友があったばかりでなく、子規は静渓の塾にも出入したことがあるのでありました。だから秉五郎は小さい時から子規を知っておりました。それに秉五郎は一寸学校を休んで東京に出たことがありまして、その時分に子規に俳句を教わって帰ったのでありました。また私の家庭の者も正岡という家はよく知っておりました。知っておるのも道理なことでありまして、私の生れた家は旧名長町《ながまち》の新丁《しんちょう》というところでありまして、その背中合せになっている中の川というところにある家が正岡であったのであります。殊に裏門まで開いていて、何か事のある時分には、両家はその裏門から互に往来し合っていた家であるそうであります。現に子規の妹である人が、その後私に話したところによりますと、その妹は私より四つ年上でありましたが、幼い時分に当歳の私を抱いて、小便をひっかけられたことがあるという話をしました。私はそんな親しい家と家との関係があったことなど夢にも知らず、在京の先輩として、秉五郎を介して新たに交友を求めたのでありました。

父の死んだ年、明治二十四年、私の十八歳の年、即ち正岡子規と初めて文通した年から母の歿した年、明治三十一年、二十五歳、雑誌「ホトトギス」を東京で私が出すようになりました足かけ八年の間というものは、私の境遇の上からいっても、また私の心の上からいっても、種々の変化があり、また多少の苦闘をした時代であったのであります。

子規と初めて文通して以来、お互の文通は頻繁でありました。そうして私が京都にゆくまでに、子規は二度ばかり帰省したことがあったかと思います。が子規との文通はまだそれ程密であったとはいえないのであります。私の抱負というものは、まだそれ程はっきりしていなかったのでありますが、今まで中学校で経験した学びの道は、決して荊《けい》棘《きょく》の道ではありませんでした。割合に坦々たるものでありまして、いくらか自分の才能を自信する傾きになって来ました。京都の第三高等中学というものが待ち設けていますが、それがどんな学校かということはまだ判らなかったのであります。けれども今までの中学校の経験からいったならば、大して難関であろうとも思えなかったのであります。また子規に逢った時分にも、もう少し多くのものを期待していたのでありますが、それはいくらか案外であったと思われるようなところもありました。私の志は、むしろ向上の一路といったような漠然たる前途にあったのであります。そうして老いたる母を兄夫婦の許に残して、明治二十五年の四月に、京都第三高等中学校に入学することになって、松山から一里半行ったところの港、三津ケ浜から、あまり大きくない船の三等室に、背ぐくまるようにして乗って謂わゆる笈《おい》を負うて京都に遊学することになったのでありま す。その頃は今の高浜港というものはまだ無くて、三津ケ浜が唯一の船着場であったのであります。

目の前に開けた京都の天地は美しゅうございました。山や川のたたずまいは、それ程に郷里の松山と隔りがあるとも思いませんでしたが、碁盤目のように正しく敷かれた町、飾り立てられた店、電燈の光で磨きたてたように光っている広場等は、際立って美しく目に映りました。初めてくぐった校門も立派でありました。今まで学んだ故郷の中学校の、五年間同じ室であったのとは違って、各々の教員の教室に代る代る行って、それぞれの講義を聴くことも目新しゅうございました。やがて春が夏になり、夏が冬になりました。その冬休みには帰省しました。老母や兄夫婦は、喜んで迎えて呉れました。間もなく再び京に上って、寒い燈の下で勉強しました。老母が送って呉れました手作りの下着を、行李の中から取り出して着ました。京の底冷えということを初めて経験して、乏しい火鉢の火をかき起して、毛布を頭から被って復習することもありました。

下宿の食物は何処でも同じことでありますが、初め素人下宿におった時分には、最も不味いものでありました。その後度々下宿を変えましたが、その頃非常な胃痛を覚えて、意気の揚らぬことも大分久しくつづきました。試験の成績も中位で、故郷の中学にいる時ほどにはゆきませんでした。故郷の中学校の程度があまり高い方でなかったためでもありましょうし、また諸国の俊才が集って来ていたためもあったろうと思います。少し私の誇りを傷つけられたような感じがいたしました。私のひそかに抱いておった自分の誇りを貫くためには、この際うんと力を入れて、一勉強するよりほかに道はないように思われました。

私は子供の時分からあまり健康な方ではありませんでした。発育盛りの十二、三歳の頃でもありましたか、その時分に瘧《ぎゃく》を患いまして、それがなかなか治らないで、治ったかと思うとまたぶり返し、治ったかと思うとまたぶり返す、といったような有様で、非常に衰弱し発育が悪くなりました。それまでは体操の時分に並ぶ順番などは初めの方であったのでありますが、一年ばかりそんなことが続いた挙句、忽《たちま》ち半ば以下になり、ついには終いの方になるという有様でありました。元来強健といえぬ体が、そんな有様であったため、甚だ不健康になり、一時私はとても長生きはできぬものと考え、せめて二十五まで生きたらば、などと考えたことがありました。そうしてまた一時胃を悪くしまして、食物が不消化で、何を食っても胃の中で腐敗するというような状態がつづいたことがありました。まだその頃京都に来て下宿生活に慣れず、殊にその寒さに犯されて、胃痛に悩まされたために、いくらか意気の銷沈《しょうちん》したのを覚えました。

熊野神社の裏の下宿にいる時でありました。思いがけなくも子規の手紙を車夫が持って来ました。それには、今僕は京都に来ておる、暇があったら遊びに来ないか、という意味のことが認めてありました。子規は麩屋《ふや》町三条の柊家《ひいらぎや》に来ていたのであります。京都に来ることについては何もいって来てなかったので、私はその手紙を受取って驚いたのでありました。早速行ってみますと、子規は今度大学を退学して、日本新聞社に入社し、同紙上に筆を執ることになった、ということでありました。それから今度は故郷に残しておいて、一に子規の成業を待っておったお母さんと妹さんを連れに、故郷へ帰る途中であるということを話しました。それからまた、折角逢ったものだから何処かへ行ってみよう、ということになりまして、すぐその足で嵐山にゆくことになりました。

これより前、私は春休みを利用して、東京へ十日ばかりの間行ってみたことがありました[2]。それは何という目的もなかったのでありましたが、ただ東京がどんなところか、ということが知りたかったためと、子規に逢いたかったためでありました。子規は私のために小句会を開いて呉れて、その時内藤鳴雪《ないとうめいせつ》や伊藤松宇《いとうしょうう》などと初めて逢いました。また人に誘導されて、芝の紅葉館裏にある能楽堂の能を観にゆきました。そこで宝生九郎《ほうしょうくろう》、梅若実《うめわかみのる》、桜間伴馬《さくらまばんま》など第一流の能役者の能を観ました。そんなことをした位で京都に帰って来て、また学窓の生活に戻りました。何も知れぬ光明を先途にのぞむような心を持ちながら、不健康な体を持てあましていました。今までの誇りを全うするには、この際思い切って一勉強しなければならぬと思いながら、そういう決心もつかぬ懊悩を覚えつつ日を過していたのでありました。そこへ思わぬ子規の来京に接したのでありました。

その日は初冬の良い天気であったように覚えております。二人は二条口を出て、嵐山を志して歩を運びました。子規は大学を止すに至った自分の考えを話しました。官吏になるとか、教師になるとかいうのならば、大学を出る方が無論便利なのであるが、自分の志はそういう方にはないのであるから、数年前喀血したことがある自分の体で、好まない学科などに掣肘されて空しく月日を過すよりも、この際自分の思う通りの仕事でやってみたい、それには幸に叔父加藤恒忠《かとうつねただ》の友人である陸羯南《くがかつなん》が社長であるところの日本新聞社に入社することになり、これから文筆の上で志を述べてみようと思っている、ということを話しました。子規は頗《すこぶ》る意気軒昂たるものがありまして、これを私に打明けて話す間は愉快そうにみえました。二里の道も知らぬ中に歩いてしまいました。嵐山に着いてからその前の一軒の茶店に休み、その茶店から御馳走を運ばせて、屋形舟に乗って大堰川《おおいがわ》を漕ぎ上ったり、漕ぎ下ったりしながら、文学を論じて尽くるところがなかったのでありました。私もまた例のとりとめもない抱負を、心の底から呼び起して来て、今後いささか成すことがあろうとする旨を述べました。子規はそれにもこころよく諾《うなず》いてみせるのでありました。この時ほど子規の言うことが一々私の頭に響き、また私の言うことを子規が容易に受け入れたことは前後になかったように思います。子規にとっては世の中に門出の時でありまして、この時ほど前途に希望のかけられた時はなかったのだと思います。私もまた頼母《たのも》しく子規を眺めました。この夜下宿に戻って、寒燈の下にひもとく書物には興味が薄いものがありました。

新学期には、河東秉五郎が第三高等中学校に入学して来ました。これは以前、暫時東京に行っていたことがあるために、卒業が一年私より遅れることになったのであります。その一年間別れている間には、手紙の往復は頻繁でありました。子規に対する手紙よりも、碧梧桐《へきごとう》に対する手紙の方が遥かに多かったように思います。碧梧桐というのは、秉五郎がその時分から自らよんだ雅号であったのであります。その碧梧桐が京にきて、私と同宿することになりました。二人は違った教科書を抱いて、違った教室に通うのでありましたが、下宿に帰ると机を並べて、学業以外の文学談に時間を費す方が多うございました。その頃は学校前の下宿にいたのでありましたが、二人とも復習予習の時間に退屈して、その下宿を出て、寺町から京極の界隈を散歩して帰ることも多くなって来ました。大雪の降った翌朝俄に思い立って、二人は草鞋、脚絆のいでたちで、大原の寂光院《じゃっこういん》を訪ねたことがありました。二人でまた奈良まで歩いて行って、一泊して帰って来たこともありました。その下宿は私達二人の他に、四、五人の下宿人がいたのでありますが、それにもかかわらず、双松庵《そうしょうあん》と号したり、また虚桐庵《きょどうあん》といったりして、我物顔にふるまっていました。子規の従弟に当る古白《こはく》が、松山に帰省の途次、私を訪ねて来たのはずっと前のことでありましたが、子規の仲間の五百木《いおき》飄亭《ひょうてい》とか、内藤鳴雪などが、同じく松山に帰省の途次立寄ったのはその頃でありました。私達の勉学はややともすると怠りがちになりまして、それ等の人々と句作に時間を費すことが多かったのでありました。

仙台

兎に角京都の山川はなつかしゅうございました。前に申したように、雪の山道をわけて、大原の寂光院にまいりましたり、また宇治まで行ってみようと、かりそめに思い立って出かけたのが、道を間違えて奈良まで行ってしまい、それをなまじいいことにして奈良に泊って見物をして帰ったり、そんな風に暇さえあれば京都の近郊をぶらつくことにしていたのでありました。それだけ学校の課業はつまらなくなってゆきました。曽《か》つて松山の中学校におった時分に、教師の質問には先をあらそって手をあげて答をしておったといったような、初心《うぶ》な心の弾《はず》みはなくなってまいりました。

前に申しましたように、私と碧梧桐とが下宿しておりましたその家に、勝手に虚桐庵という名をつけておりましたが、その虚桐庵に俳句の話をすることが主になって、同窓の者がだんだん集ってくるようになってまいりました。その中には大谷繞石《おおたにぎょうせき》などがありました。

子規が京都へまいりまして、一緒に嵐山に遊びましたのは、明治二十五年、私が十九歳の時でありまして、碧梧桐と一緒に京都の近郊をうろつき廻ったのは、明治二十六年でありました。それから明治二十七年に、しばらく東京にまいっておりました。主として子規の家に寝泊りをしました。この時分、子規は「日本新聞」の分身でありました「小日本」という新聞にたずさわっておりまして、健康もその時分はよかったし、後年のように病気に苦しめられて、毎日沈痛な表情をして不機嫌であったのとは反対に、快活に、行動しておりました。内藤鳴雪、五百木飄亭、石井露月《いしいろげつ》、佐藤紅緑《さとうこうろく》、下村為山《しもむらいざん》、中村不折《なかむらふせつ》、浅井黙語《あさいもくご》なども出会いました。俳句会にも屢々《しばしば》出席しました。露月、紅緑は「小日本」の社員でありましたから、毎日子規と机を並べておりまして、自然俳句を作るようになったのでありまして、後には子規の有力な羽翼《うよく》となりました。

京都の第三高等中学校が、学制の改革で第三高等学校法学部というものに変りましたので、従来の生徒はみな分散して、他の高等学校にやらされることになりました。私も京都に帰ってみると、仙台の第二高等中学にやらされることになっておりました。碧梧桐も一緒でありました。先に申しました大谷繞石、それに坂本四方太《さかもとしほうだ》も一緒でありました。繞石は京都の高等学校にいる時分から、私達の虚桐庵に出入して俳句を作っていたのでありましたが、四方太は仙台へ来てから俳句を作ってみたいということになりまして、繞石と二人で私と碧梧桐の同宿していました下宿にやってまいりまして、これから俳句の草稿を君等のところへ届けるからみてくれぬかということでありました。私等に見せるよりもむしろ子規に見て貰う方がよかろうと申しまして、その俳句の草稿は子規のもとへ送ることになりました。それからのち四方太、繞石の二人は熱心な作家となりまして、のちには紅緑、露月の二人とともに、これまた子規の有力なる羽翼となるようになりました。

僅かの間のことではありましたけれども、仙台にまいったということは、私の生涯の中で、ある転機を劃《かく》することになったのでありました。京都における時分、学校生活の興味がだんだんなくなってまいったことは、前申した通りであります。しかしできることなら学校をつづけてゆきたいという希望もありましたので、京都に立ち帰ったのでありましたが、第三高等中学が廃校になりまして、仙台にゆかねばならぬことになりました。そこでとりあえず仙台にまいりはしたものの、また一頓挫した感がありまして、このまま学校生活をつづけてゆくということは、いよいよ興味がなくなってくるような傾きでありました。

京都の天地に慣らされていた目で仙台の天地に接しますと、大分変った印象をうけたのでありました。京都の濃艶なお公家《くげ》様の生活にふさわしいような山川と、仙台の素朴な野武士的な山川とは色彩を異にしていました。初め仙台に降りたったときの感じは、それが秋風の吹きそめた九月の頃であったせいもありましょうが、何となく左遷されたような心持でありました。がしかし少し落ちついてみると、また別種の趣きがないでもありませんでした。伊達正宗の築いた青葉城を見ますと、京都御所を見る目とは変った趣きがありました。ポプラのぼつぼつと立っている仙台の郊外を見渡しますと、京都の赤松で蔽われた丸い山々を見るのとはまた違った感じをうけました。秋も末になった時分に、私等は下宿の晩飯をすませてから、広瀬川の畔にたたずんで、対岸の闇を眺めておりますと、遠くに灯の点々とともっている闇が目の前にひろがっておりました。その灯の明滅しておるのをみておると、それは身に沁むような景色でありました。その灯は一《ひ》とところにともっているばかりでなく、時々その中の一つがツーイと動いてゆくかと思うと、また一つが徐々と移動する、あたかも闇の中にその灯のみが生きておる、そんな景色を眺めておると淋しくもあり、また私等の希望している詩の世界がそこに存在するような心持もして、好んでこの灯を眺めておりました。

京都から転校してきた三、四十人の人々が送別の会を学校の一室で催してくれまして、私等はついに仙台の高等学校を去ることになりました。何という計画があるでもなく、ただ漫然とこれからいよいよ身を文芸の世界に投じて、一途にその方に遊んでみようと志したのでありました。

子規は肺を病んだために自分の生命の長くないことを意識しまして、一日も早く仕事をしてみたいと考えたのでありました。仕事と申しましても、それは文芸上の仕事であったのでありますが、兎に角仕事をして、その仕事のうえに自分の志を述べたいと考えまして、大学を止《よ》して新聞社へ入ったのでありました。私はそれとはやや違って、文芸に遊びたいと考えまして、その一念から学校を中退して東京に出たのでありました。遊ぶといったところで、文芸界に身を投ずる以上は、文芸の仕事にたずさわって衣食するより道がないのでありますから、やはり仕事ということが目的になるに相違ないのでありますが、文芸に遊びたいという一念から発足したのであるということは、いくらか子規とは違っておったのかも知れません。

文芸に遊ぶ

東京に出ましてから、とり敢えず小説に筆を執ってみたいと考えましたが、それはなかなかできませんでした。その頃は尾崎紅葉《おざきこうよう》一派の硯友社というものが文壇に幅を利かしておりまして、その手を経なければ小説を発表することも容易でなかったように思われました。藤野古白などと一緒に、小説会をやってみたこともありました。古白は島村《しまむら》抱月《ほうげつ》、後藤宙外《ごとうちゅうがい》などと一緒に早稲田文科の第一回卒業生でありましたが、その後まもなく自殺しました。何のための自殺であったかその理由はわかりませんでしたが、古白も創作に志しておったのでありまして、その創作が自分の思う通りにできなかったということも一つの原因であったように思われるのであります。「菜の花集」という小説の廻覧雑誌のようなものを作りまして、それを子規にみせたことがありました。子規がその中の私の「糊細工」という短篇を褒めてくれた手紙が残っておりますが、その「菜の花集」というのはどうなったのかわかりませんので、私の「糊細工」もどんなものであったか覚えておりません。

この明治二十七年から三十年にいたる足かけ四年の間は、小説の筆はしばらく擱《お》きまして、俳句を作るということに傾いておりました。下宿屋にごろついてとぐろを巻いていまして、そこに二人三人と仲間の者が集ってくると必ず俳句を作りました。絣の着物に白縮緬の兵児帯、というのがその時分の書生の常でありましたが、それで焼芋を嚙って俳句を作っておりました。碧梧桐と両人の下宿は、梁山泊といったような気魄だけは持っていたのでありました。子規はのちにその間の私等の俳句をとり上げて論文を書きました。

子規が従軍したのは、新聞社からの命令ではなく、子規自身が希望したのでありました。従軍する前に長文の手紙を、碧梧桐と私とに宛ててくれました。それには子規の従軍するにいたった決心が縷々《るる》と述べてあるのでありましたが、何といって定った目的があって従軍するというのではなく、ただ何ものかをこの千載一遇の時に得ようと考えてのことである、という結論でありました。その時分の「日本新聞」の記者は大がいの者が従軍しました。子規は病弱の身をもって一人とり残されました。それをあきたらなく思っておったことも事実であります。しかし子規は何ものをも得ないで、ただ重い病を得て帰ったのでありました。

子規がようやく死をまぬかれて神戸の病院を出てから、須磨の保養院にしばらく行っておりました。その時私も一緒にまいりましたが、子規は一日私にいうのには、自分の余命はいくばくもないから、もう生前にやれる仕事は知れたものである。だからお前を後継者とするから一つ勉強して、自分の仕事をうけついでやる決心をしてくれないか、との話でありました。私は一寸当惑しましたが、折角の委嘱にそむくことはできかねたので、できることかできぬことか、まずその積りでいようと返事をしました。子規は喜んで、折ふし病後のために用いていた葡萄酒の盃を私に差しました。子規はよほど思いをこめてのことであったのだろうと思います。そして子規はまず私に読書をすることを勧めました。それから私は子規をおいて東京に帰ってのち、死んだ古白のおったという下宿に居を構えて、格別勉強をするということもなく、悠々と暮しておりましたら、子規から手紙がまいりまして、一寸来いということであったから行ってみますと、大へん不機嫌でありまして、道灌山まで一緒にゆこうといって、腰痛をこらえながら足をひきずって、道灌山の茶店までまいりました。子規は須磨の保養院から松山に帰り、漱石の寓居にしばらくの間同居しそれから奈良見物をして東京に帰ったのでありましたが、その奈良見物をしている時に、ふと腰痛を感じ始めたのが因《もと》でありまして、歩行が困難になったのでありました。その腰痛というのは脊髄炎のためでありました。子規はその腰痛をこらえながら道灌山まで足を運んで、改めて私に、その後読書はいくら進んだと訊くから、まだ一冊もよんでいないと答え、だんだん話がむずかしくなりまして、そんな風だと後継者にするわけにはゆかないという、私は後継者として貰わなくとも結構だということになり、ついに後継者問題は決裂したのでありました。

このことは子規も私も人には何も話さなかったのでありましたが、ただ子規が飄亭にあてた手紙にその日のことを委しく書いたのを、子規の死んだのちに飄亭がその手紙を発表したのでありました。それから道灌山の一齣《せつ》としまして、私等仲間には有名な話になってしまいました。

子規は大喀血をして、神戸の病院に入り、危く一命はとりとめはしましたが、それから間もなく脊髄炎になり、廃人同様になって病床に横たわる身となりました。曽つて肺を患ったために、仕事を急いで、学校を中退して日本新聞社に入った時よりも一層命が短かく、その死が目前に迫っていることを自覚しておりましたので、いよいよ自分でも功を急いでおったので、一旦自分の後継者と定めた私が、あまりふわふわしているのに業をにやし、私はまたあまりに子規の要求が短兵急《たんぺいきゅう》なのでその言に服従しかね、ついに後継者問題は決裂したのでありました。

この子規の書物を読めということは、私のためにも忠言であったことは申すまでもないことでありますが、私は書物というものの価値を子規ほどに認めることができなかったのであります。もっとも、書物をよむくらいなら大いによもう、なまじい少しぐらいよんだところで大したことはない、とそんな風な考えを持ちました。それで、自然をよく見、自然を描くこと、それが私には大切になってきたのでありました。

私は生来の性質が、あまり息をつめて事をするということを好まない風でありまして、謂わば何でも呑気にやってゆくという風でありますが、そこが子規の要求とは食い違ったところでありましょう。これも母が膝の上に抱きしめて「危いところに近よるな」といいましめていた弱虫のせいかも知れません。その代り二十二、三から、今日七十四歳まで、時によって盛衰はあっても、俳句を作ったり、文章を書いたりして、いわゆる文芸に遊びつつ今日まできたことは、荘子のいわゆる「踵で息をする」というような心持でやってきたものであります。仏道修業に定心散心《じょうしんさんしん》という二つの道があるということを聞いております。定心というのは三昧とも申しまして、これは懸命に修業すること、散心というのは、正常心でいて、それで仏の道を忘れずにいること、この二つだとかいうことであります。二つとも仏道修業に大切なことなのだそうであります。私はどちらかといえば後者を選ぶものであります。

兄の下宿業を手伝っている時分の話であります。嫂がまだ故里から出てこない時分でありましたが、兄が嫂を連れに帰った時、私夫婦がその留守もりに行って、女中一人と三人で留守番をしておりました、ところが家内が生憎加減が悪くて臥《ふせ》ってしまったのでありました。すると何よりも頼みにしておりました女中が逃げ出してしまいました。止むを得ず私は御飯を炊いたり、味噌汁をこしらえたり、魚を煮たりすることをやらねばならなくなりました。手が鳴ると、はいと返事をして、私が顔を出さなければなりませんでした。その時分下宿している人に平山清次《ひらやまきよつぐ》という角帽をかぶった学生がおりました。この人が「あなたに来られては困ります」といって、自分から階段を下りてきて茶や炭とりを持って行ったり、また自ら膳を運んでくれたりしました。大がいの下宿人は一人去り二人去り、だんだんいなくなってしまいましたが、この人だけはつづいていてくれました。その後この人は天文台の平山清次博士となりました。一度天文台に案内してくれたことがありましたし、ずっとあとに丸ビルのホトトギス発行所に私を訪ねてくれまして、昔話をしたことがありました。また私が岡持を提げて豆腐を買いに行っているところを、ある俳人が見て、驚いてそれを人々に吹聴したことがありました。私はその下宿屋の帳場に坐って、「国民新聞」の俳句の選をしておりました。

兎に角文芸の道は、私を誘惑する魔女の囁きのようなものでありました。私はその魔女の囁きのままに誘惑されて行ったのでありました。

碧梧桐は常に私と一緒でありました。私が碧梧桐を誘ったのか、碧梧桐が私を誘ったのか、互いに誘い合ったのか、私は碧梧桐を誘ったようにも思うのでありますが、そういう私が碧梧桐に誘われておったのか、兎に角二人で手をたずさえて、同じような道に突き進みました。この道は決して平坦な道ではありませんでした。好んで選んだ苦しい道でありました。しかしまた子規に過分に推輓されまして、碧梧桐と私とはあたかも子規の脇立《わきだち》の二童子のようにもてはやされて、そろそろ俳句作者として世間に認められるようになりました。私の二十五歳の時でありました。

「ホトトギス」発行

長女の真砂子《まさこ》が明治三十一年の三月に生れました。私もいつまでも零細な稿料をかき集めているくらいではやりきれなくなりましたので、一つ生計のために雑誌を発行してみようと思いたちまして、まず一番に子規の協力を求めました。子規は柳原極堂《やなぎはらきょくどう》が松山で出している「ホトトギス」という雑誌が、二十号出たばかりでいま経営難を訴えているところであるから、それを引き受けてやってみてはどうかという意見でありました。ではそうしようということになりまして、故郷の長兄から僅かばかりの資本を出して貰いまして、東京で「ホトトギス」第二巻第一号という名義で、私が出す雑誌の初号を発行することになりました。それが明治三十一年の十月のことでありました。

子規は「小日本」が中途で倒れてしまった例もあり、また「俳諧」という伊藤松宇の出していた雑誌で、それにも子規が寄稿しておりましたのが、僅か二号で倒れてしまった例もあり、子規の関係した雑誌や新聞はみんな永続せず、また今度「ホトトギス」が中途で倒れるというようなことになっては困る、私の手でやることにして永続してやってゆけるかどうか、ということをよほど危ぶんだようでありました。私もやってゆけるかゆけないか、それらは全く判らぬが、子規同様に危ぶんでいたのでは、初めから雑誌が成り立たないことになるし、まずやってゆける積りでやるということにしまして、ついに二巻一号、本当の意味でいえば初号だけは兎も角出すことになったのでありました。

「日本新聞」が時の藩閥政府に盛んに反抗の筆陣をはったために、発行停止につぐ発行停止といった時代に、子規が「君が代も二百十日は荒れにけり」という句を作ったことがありました。これが世間の喝采をはくしましたし、社内でもまた評判がよかったということを子規は私に話しました。この俗を相手にする骨法は雑誌を発行するためにも大切である、お前にはそういう方面の才はない、その方面は僕が引き受けねばなるまい、とそんな話を当初私にいたしたことがありました。

この際もっとも心を痛ましめたのは母の死でありました。これより前、妻子を連れて帰郷しましてしばらくその介抱に当っておったのでありましたが、東京で「ホトトギス」を発行することが切迫してきましたので、兄夫妻に看護をまかせ、帰京して二巻一号を無事に出しますと、それから一月後に、母が亡くなったという通知を受けたのであります。私は声をはなって泣きました。父の歿しましたときはまだ十八歳の学生でありましたので、父は死なしてはならぬものを死なした、という悲憤に似た感じが強うございましたが、この母の死んだときは、私が二十五歳になっておりまして、もうその点については諦めというものがついていました。が後悔に似た悲痛な涙が止めどもなく流れ出たのでありました。それは昔の同窓生はみな大学を出ていて、その時分の学士というと社会でも相当に待遇されて、みなそれぞれ相当の地位を占めることができました。それらの中にまだ碌々として書生同様の生活をしていて、この老いた母に何も奉公することができなかったということが、残念でたまりませんでした。ことに金銭上ではまことに哀れな境遇にとり残されていた、ということが残念でたまりませんでした。しかしながら太田道灌に蓑を貸さなかった娘の話や、清少納言が簾をかかげた話や、西行法師の鳴立つ沢の話や、小式部内侍の大江山の話などをしてくれたその母は、文芸の道に遊ぶという一念を突きすすめてきた私を、多分理解してくれていたであろうと、しいて心を慰めるのでありました。ただこれからだと思っているときに死なれたのでありますから、私は残念でたまりませんでした。

明治三十一年から三十五年までは、私としては相当に苦しい時代であったともいえるのであります。実際やっている中に、子規の病気はだんだん重くなり、私もよく病気をする。その間人に助けて貰ったり、経費が足りなくなったり、そこでもう一つ雑誌以外の俳書出版(3)をしようとしましたが、それも素人の悲しさで売捌の方法が判らず、残本が沢山できる、長男がまた生れる、家計がいよいよ苦しくなる、借金をする。虚子は商売に熱心になって俳句がまずくなった(4)という非難が起ってくる。しまいには子規までが、「病床六尺」「仰臥漫録」であてこする(5)、といったような状態でありました。しかしまあどうかこうか発行をつづけてまいりました。

子規の死

子規は明治二十四年に初めて私から文通しまして、三十五年病歿するまで、私にとっては大いなる存在でありました。そうしてその足かけ十年間は、私の生涯にとってずいぶん長い年月であったように思われるのでありました。そうしてこの間に私というものを作りあげてくれたのは、子規であったと言っていいかと思うのであります。私の文学に対する考えも、また人生に対する考えも、子規の薫陶によってほぼむかう方角がきまったかと思われるのであります。子規は私にあきたらなく思ったことも多かったでございましょう。私も子規に服従しかねた点もままあったように思います。けれども詮じつめればこの十年間に、私というものは子規にたたかれて、曲りなりにも土性骨《どしょうぼね》が据えられたように思うのであります。その子規が亡くなったのであります。今までは文章でも俳句でも、すべて子規にみて貰って、子規が良いといえば良いもの、子規が悪いといえば悪いものとして、すこしも疑いませんでした。また子規に褒められれば嬉しく、子規に貶《けな》されれば口惜しゅうございました。しかし子規なき今日はどうしたらいいか、もはや自分を立てるよりほかに道はないということになりました。

「ホトトギス」もいままでは子規を中心にしていました。子規が病気のため何も書けなくなっても、なお子規を中心にしてすべてのものをやっておりました。が、今後は自分を中心としてやってゆかねばならぬことになったのであります。松山の村上霽月《むらかみせいげつ》がこういうことを言ったそうであります。いままでは子規というものがあったから「ホトトギス」もどうかこうかやってゆけたのであるが、虚子ひとりでは果してやってゆけるかどうか、ということを言ったということであります。これは独り霽月ばかりでなく、みなそういう考えを持っていたことと思います。しかしやってゆけぬといって放ってしまうわけにもゆかず、私は自分の力を信じてやってゆくよりほかに途はありませんでした。

自分を中心にしてやるということは、心細くもあるがまた張合もあり、容易なところもあります。そろそろ文章や俳句の方に一層力を入れる、という傾きにもなってきました。まず碧梧桐の近来の俳句の傾向を論じて、私のあきたらずとするところを述べたり、四方太と写生文集を出したり、折ふし英国から帰朝した漱石と俳体詩(6)を作ったり、ついに漱石に文章をすすめて「吾輩は猫である」を「ホトトギス」に連載したり、周囲を顧慮せずに、自分を中心として推しすすめてゆきました。

何だか混沌としているうちに、それでもどうかこうか自分の進むべき途を見出して、私は俳句、文章に心を寄せることができました。

文　章

写生文というのは「ホトトギス」二巻一号の「浅草寺のくさぐさ」を書いた時分からいいだされた言葉でありまして、私が手帖と鉛筆を持って浅草寺の光景を写生に行って書いた、それから写生文という一つの形式の文章が成り立ったように記憶しているのであります。もっともその前から写生ということは、私達仲間の大切な信条でありまして、俳句を作るのにも、文章を作るにも、その必要は痛感されていたのでありますが、手帖と鉛筆とを持って文章を写生にゆくということは、このときが初めてでありました。その後よく文章を写生にゆこうといって、手帖と鉛筆を持ってゆくことが行われました。もっともこの「浅草寺のくさぐさ」は、文体は全く後に写生文というものとは異っているのであります。それは「ホトトギス」が号を重ねるにしたがって、口語体の写生文というものがだんだんに出来上ってきたのでありました。写生文にもっとも熱心であったのは四方太でありました。

明治四十一年に国民新聞社に入りました。それは「国民文学」という文芸欄を創設しまして、それを担当したのでありました。まず徳田秋声《とくだしゅうせい》の「新世帯《あらじょたい》」というものを紹介しました。この「新世帯」というのはのちに「黴《かび》」などが生れた系統に属する最初のものでありまして、秋声の文壇に認められるにいたる曙光が見えはじめたところのものでありました。私はそれより前、秋声の文章に好意を持っていたところから、親しく森川町のその寓に訪問して執筆を依頼しました。秋声は快諾して筆を執ってくれたのでありました。この秋声の小説紹介を手始めとして、それから二、三年の間、文壇にたいし私のできるだけの仕事をして見たいと考えましたが、いろいろの事情でそうもゆかず、ついに、明治四十三年国民新聞社を退きました。その間「ホトトギス」にも、謂わゆる文壇の人々の小説類を載せましたが、国民新聞社を退いてからそれを改革して、私自身の書くもののみを載せることにいたしました。

実は私が国民新聞社に入社している間、「ホトトギス」の編輯は人まかせにしていまして、そして小説などを載せることを主にしていましたので、一時部数が激減して維持がむずかしくなりました。そこで粛清しまして、他の小説などは載せぬことにしまして、私の書くものばかりとし、俳句雑誌本来の面目にかえりました。「ホトトギス」二百号記念号を出す時分から大分挽回してきました。

この国民新聞入社ということは、また私の一つの経験として、大変にいい教訓になりました。もっとも国民新聞社に入社したということは、何も自分から突きすすんでやったことではなく、吉野左衛門《よしのさえもん》の切な奨めに従って入ったのではありましたが、傍道にそれて二、三年の損をしたような気がせぬでもありませんでした。もっともこういうことも、かつて一度はやってみたいと思いましたので、格別後悔をしたというではありませんでした。しかしいささか私の道楽仕事であったような気がせぬでもありません。

私の小説に傾いている間に、また国民新聞社に道楽をしていた間に、知らぬ間に世にはびこっておった碧梧桐の新傾向句(7)なるものをみますと、大分あらぬ方におもむいているのを知りました。そこで「ホトトギス」を改革してから、その碧梧桐の傾向を非難する文章を載せ(8)、また雑詠《ざつえい》欄なるものを設けて募集俳句の選抜を始めました。いずれも私の好むところの俳句のゆき方を明らかにしたものでありました。それから俳句界の大勢はほぼきまったように思いました。かくして私は俳句の選者として今日まで来ているのであります。

この俳句界を碧梧桐の新傾向句の跳梁に委せておりました三、四年の間は、私は小説に筆を執ったことになるのであります。ところが非常に健康を損じまして、それがためにつづいて筆を執ることができず、もし続いて筆を執っていたら死んでしまう、と医者が言うものですから、例の散心の気持にかえり、しばらく遊ぼうと決心しまして、大正三年鎌倉に十人の人と能楽堂を造り、そこで能楽をして遊びました。その能楽堂は、大正十二年の大地震に倒壊しましたが、それまではそこで立って舞ったり、鼓を打ったりして遊びました。そうして今日まで小説の方にはうとうとしくなっています。しかし文章ということは何時も忘れませんでした。山会《やまかい》、即ち文章会はその後引きつづいて今日に来ております。

鎌倉

鎌倉に移住しました動機は、二女立子《たつこ》がよく風邪をひいて肺炎がかったものになり、また部屋を温めてそれの介抱をしておる時分に、次男の友次郎《ともじろう》もそばづえをくって、同じく肺炎がかった風邪をひき、三女の宵子《よいこ》もまた急性肺炎になる、といったような騒ぎがつづきまして、暖かい海岸にでも行って一冬すごそうという考えから、鎌倉行きを志したのでありました。がそればかりでなく、国民新聞社に入って三、四年間脇道をしたために、折角自分が志を立てて、それまで育ててきた「ホトトギス」が衰微し、維持が困難になってきたというようなことから、生活を一新しようという考えで、鎌倉落ちを志したのであるとも言えるのであります。

私が鎌倉に移住した翌年の夏でありました。赤潮《あかしお》ととなえるものが由比ケ浜へ襲来したことがありました。小さい赤い虫であろうと思われるものが、それが海水一面に蔓延《はびこ》っていまして、魚などはそれがために死んで浮き上ってくる、というような状態でありました。子供や家族を連れて、その赤潮を見に行ったことがありました。

その時分に私の家に一匹の犬がおりました。何処からか迷ってきた犬で、おとなしい犬でありましたが、それは女犬でありまして、馬鹿に弱い犬でありました。子供達が可愛がっているばかりか、私も可哀想に思ってその犬を可愛がっておりました。その犬も私等について海岸にきました。海岸には私と同じく赤潮を見ようとしてきておる多くの人がありまして、それが皆波打際に立っておりました。そうすると突然その群衆の中から一匹の犬が飛び出してきまして、私の犬を海中へ追い込みました。私の犬は精悍なその犬に恐れをなしまして、だんだん沖へ泳いで逃げてゆく、その犬はあとから追うてゆく、私の犬は赤潮の中に浸りながら、度々潮水を呑んだらしく、泳ぐ力も弱ってきたようになりました。私は元来そういう場合には勇敢でないのでありますが、この犬を放っておくにしのびないような気がして、尻をからげてそろそろ海中に入ってゆきました。そして手に持っていたステッキで敵の犬を打擲《ちょうちゃく》しようとしました。私の犬は陸《くが》の方に泳いで帰ろうとするのでありますけれども、敵の犬が巧みにそれを遮って左へゆけば左、右へゆけば右、という風に遮断して帰さないのであります。私はいつか腰の上あたりまで潮に浸って、その犬を打とうとしてステッキを振り上げるのでありますが、その犬は恐しい目をして私の方を睨みながら、隙をみて陸の方へ逃げ帰ろうとする私の犬を、また遮断するのであります。そんなことを数度くり返している中に、ようやく私の犬は隙を得たので陸の方へ泳ぎつくことができました。敵の犬は私の犬が潮水を吐きながら砂にまみれて逃げてゆくのを見送り、あまり追撃もせず、そのまま群衆の中に紛れこんでゆきました。この時私はふと気がつきますと、海岸に長く陣を敷いたように立っておる群衆が、皆一せいに私の方を見て笑っているのでありました。犬二匹と私のほかは何物もない、ただ赤潮がひたひたと波打っておる海中にあって、運動神経の鈍い私が、杖を振り上げて一匹の犬と格闘しておったのが、人々の良い観せ物になっておったということを知って、俄《にわか》に恥ずかしいような心持がいたしました。そうしてほとんど着物全体を水浸しにして、しょぼしょぼと砂浜に上ってくる私を、家人や子供は恥ずかしそうに見ておりました。群衆の中から菅忠雄《すがただお》が出てきて、何か慰めの言葉を投げかけてくれましたが、私はそれにもろくろく答えずに家に帰ってきました。しかし私はそのことについて後悔はしませんでした。

私はその前の冬、鎌倉に避寒という意味で、ただその冬だけいる積りでありましたが、しかし住んでみると鎌倉というところは今までいた東京に比べてみて、物静かな鄙《ひな》びた感じのするところでありまして、東京の埃っぽいごみごみした感じとは違って殊に子供もだんだん健康をとり戻しつつあるような感じもしましたので、ついに鎌倉に定住することになったのであります。古蹟の沢山あるところ、殊にお寺の沢山あるところなどは、かつて愛着のあった京都に似たところがありますが、しかし一体の感じがどことなく淡彩で、素朴で、京都の色彩の濃い、濃艶な感じとは違っておりました。しかしその質素な質実なこの土地の趣に捨てがたいもののあることを感じたのでありました。それは謂わば、私の心の変化に伴うところのものであったのかも知れません。

もっとも今の鎌倉とその時分の鎌倉とは大分違っております。その頃に毎日停車場に着く汽車からは少数の人が昇降するばかりでありまして、八幡様の前の段葛《だんかずら》の左右に並んでおる人家は藁葺屋根が多うございまして、ガードの下から長谷にゆく途中なども、左右の家はとびとびであって畑が沢山ありました。その他大塔宮にゆく途中などほとんど畑でありました。現在のような大きな別荘などは皆無でありました。私より一年前に移住した菅虎雄《すがとらお》という一高の独逸語の先生が、私と同じ家主の家に住まっていましたので、自然その人とはよく往来するようになりました。これは漱石の「虞美人草」に出てくる宗近さんのモデルであるということを言われていますが、果してそうですかどうですか。先に赤潮の時に一寸顔を出した菅忠雄というのはこの虎雄という人の長男で、後に菊池寛のもとで、文藝春秋社におりました。この親子ともすでに故人になりました。

十一年間

私は前にも申しましたように、国民新聞社に入って国民文学欄を創設しまして、自分の好む文学を新聞紙上にかかげて、同好の士に示してみたいと考えまして、手始めに、その時分はあまり世間で有名でなかったが、しかしその文章を私は好んでおった徳田秋声の小説を載せたいと思いまして、親しく秋声を訪問して「新世帯」という創作を載せることになり、つづいて鷗外の文章が欲しいと思いまして、交渉しましたところが、創作は忙しくてやる間がないから翻訳物をやろうということで、鷗外が書物を手にしたままで、いきなり朗読するように翻訳してゆくのを、私が筆記して載せるというようなことをしました。これは毎日のように団子坂の鷗外の家まで通っての仕事でありましたから、かなり堪《こた》えました。もっとも鷗外もその頃軍医総監として、毎日役所に出て帰ってから、軍服も脱がないで上衣の釦《ボタン》をはずして汗に汚れたままで口授《くじゅ》するのでありましたから、かなり煩労なことでありましたろう。が私の方から頼んで承諾してくれ、それなら君筆記してくれと言われたものでありますから、私もほとんど毎日のように通うてかなり草臥《くたび》れました。それからだんだんやってみておる中に、どうも志と違って私の思うようにはうまくゆかず、その中「ホトトギス」の方がお留守になって維持が困難になる、といったようなわけで、その方は断念してついに鎌倉落ちとなり、それから「ホトトギス」の方を専心にやることになって、ついに今日に来たのでありました。鎌倉に移住したとはいうものの、ほとんど毎日のように東京に通って、「ホトトギス」のことに携っておったのでありました。

鎌倉に移ってのちも、なお全く小説の筆を断ってしまったというわけではなく、新聞社などから求められるままに、筆を執ることがしばらくの間つづいておったのでありました。「朝鮮」は「毎日新聞」に、「柿二つ」は「朝日新聞」に掲げたものでありました。が鎌倉移住以後は、主として俳句の方面に力を注ぐようになりまして、まず一番に、かつて少しの間試みて中絶しておりました「雑詠」ととなえる俳句の選を「ホトトギス」で復活しました。従来たいがい俳句の選をするのには題を出しまして、その題の俳句を募集して選をするのが常でありまして、「ホトトギス」でも従来その方法をとっておったのであります。が、それでは句作の範囲が狭くなる恐れがありますから、題に拘束されずに如何なる句でも差支えない、その時にできた句の中で、自分の信ずる優秀なものを投句してくればいいというので、雑題すなわち雑詠という広い範囲の募集句を始めてみたのでありました。ところがこれに投句する人が年を追うてふえてまいりまして、だんだんとこの雑詠欄で鍛錬されまして、のちにはひとかどの俳句作者として立ち得るようになった人が沢山出てくるようになったのであります。これは今日までつづいております。一々ここには名をあげませんけれども、今日名をなしておる俳人の多くは、この雑詠欄から生れ出たものといっても過言ではないと思うのであります。振りかえってみますのに、私の二十二、三からこの三十七歳頃までの間は、紆余曲折が多かった時代でありまして、決して坦々たる道を歩んできたとは言えないのでありますが、この雑詠の選に専ら力を尽すようになってからは、私の道がほぼ極ったような心持がしまして、今日にきているのであります。雑詠の選をしておる中に、だんだんと違った投句家諸君に出会ってきて、それ等の人々の歩んでゆく道をよく見定めて、そちらに歩んで行ってはいけない、こちらに歩んでくる方がよかろう、諸君の道はこの方向にあるのだ、ということを見極めてゆくことは、私においては左程困難なことでなく、決してそれは労苦ではなく、やり甲斐のある楽しい仕事であるのでありまして、今日まで約四十年間つづけてきていて、あまり倦怠を感じないのであります。雑詠で育ってきた人の中にも、自分は自分の力で自分の道を拓いたのだと考えている人がありまして、そういう人はある点に達すると私から離れてゆくのであります。それも結構であります。そういう風になった人は、もうそれを境にして私の手から離れたものとしますが、いつまでも雑詠に句を投じておる人は、やはり私の指導を信頼しておる人、批判を待っておる人、と考えてそれに力を貸すことを惜しまないでいるのであります。

俳句界を導こうとしまするると、いきおい碧梧桐の俳句と両立しがたいものがあったのでありました。もともと碧梧桐と私は非常に近しい間柄であったというばかりでなく、子規の膝下におりましても、互に手を携えて進んできたのでありまして、俳句に対する見解もあまり相違していなかったのであります。それはともに手を携え、ともに進んで行ったということのためにそうであったのでありますが、子規は早くも二人の傾向の相違に意を留めまして、これは決して長くつづくものではない、両人の性質からいっても、全然違ったものであるから長くはつづかないであろう、ということを言ったことがあるのであります。子規が生きている時分は、子規が碧梧桐の面白い句と認めたものは私も面白いと認め、子規が私の面白い句と認めたものは碧梧桐も認める、といったような状態でありましたが、子規歿後数年を経過したその時になってみますと、碧梧桐は碧梧桐の好むところを押し広め、私は私の好むところを守るというような状態になってきまして、自然自然その距離が遠くなってきたということは止むを得ないことでありました。だからその点は少しも隔意なく、相互に堂々と論戦し、また主張もしたのでありました。それ等の意見は「ホトトギス」誌上で発表し、(9)また著書のうちに明らかにしたのでありました。

鎌倉に移住したのちも、なお四、五篇の小説には筆を執りはしましたものの、私の仕事は主として俳句のうえに戻って、この雑詠選を初めとして、徐々と歩趨を進めつつあったのであります。がそのうち前にも一寸書いたことがあるように、私は一時大変健康をそこねたことがありました。医者は、小説なんか書くのは止めたらよかろう、悪くすると死んでしまうなどとおどかしたくらいでありまして、腸が悪くて血便が出つづけて、骨と皮に痩せ細ったのでありました。いくら医薬に親しんでも効がないので、神経的に腸を悪くするということもある、という話を聞いたものでありますから、あるいはそんなことかも知れないと考えまして、全く効のない医薬を遠ざけまして、意の赴くままに静養してみようと考えました。静養といったところで別に仕方もないので、子供の時分から父や兄に習って能楽に興味を持っておったその能楽に遊んでみようと考えました。そこで同志十人ばかりと語らって鎌倉能楽会というものを作って、能楽堂を造ることにしました。間もなく、素人の遊ぶ能楽堂としてはかなり立派なものが、鎌倉の大町の塔の辻というところに出来上りました。そこで十人の会員はもとよりのこと、その他の人々も加わって、毎日のように囃子会《はやしかい》を催したり、また年に二回とか三回とか衣裳を着け、玄人も混えた能を催したりして遊ぶことにしました。私は幼時、母から清少納言の簾をかかげた話や、西行法師の鴫立つ沢の話などを聞いたのがもとになって、ついに文芸に遊ぶということになってきた、ということを以前申しましたが、また父からもこの能楽の趣味を受けまして、幼い頭に沁み込むように植えつけられたものでありました。少し心にゆとりができてきますと、いつでも子供の時分に見聞しておった、謡とか鼓とか舞とかいうものの興味が湧き上ってまいり、幼い時と年とった時との境がなくなってしまうのでありました。この病気になって、万事を放擲してしばらく静養しようと思い立った時も、一番に頭に蘇ってきたところのものは、この能楽であったのであります。この鎌倉の能楽堂には、宝生九郎、桜間左陣《さくらまさじん》、観世元規《かんぜもとのり》等の今は遠く故人になった老大家を初め、死んだ松本長《まつもとながし》、宝生新《ほうしょうしん》、現存の川崎利吉《かわさきりきち》、桜間金太郎、幸悟朗《こうごろう》等の今日大家といわれる人々なども皆きて演能に加わったのでありました。それは大正三年から大正十二年の大震災の時までつづきました。大震災でこの能楽堂は倒壊してしまいました。平福百穂《ひらふくひゃくすい》に描いて貰った鏡板だけ助かって、今は某所に保管されてあります。

これより前、「ホトトギス」二百号の記念としまして、喜多の舞台で喜多六平太《きたろっぺいた》、桜間左陣、桜間金太郎の能楽を催しまして、広く文壇の人々を招待しました。森鷗外、三宅雪嶺《みやけせつれい》を初め多数の人々が観にきました。また後に鳴雪の古稀の祝に、私がシテ、碧梧桐がワキの「自然居士《じねんこじ》」を、靖国神社の能楽堂で催しました。碧梧桐も私が奨めるままに謡を習い始めまして、一時は私よりも熱心になり、同じく能楽愛好者となっていたのでありまして、俳句では傾向を異にして、その方では互に論争をつづけておりましたけれども、私交、殊に能楽の方面では相変らず親交をつづけておりましたので、同郷の先輩でもあるし、また俳句の友でもありました鳴雪の古稀を祝すために、二人が「自然居士」を舞ったのでありました。

九年間

大正九年に、私が軽微ではありましたが、脳溢血にかかったということは、私の生活に多少の変化を来すことになりました。私は元来酒をたしなむ方でありまして、またそういう場合が多かったために、自然大酒をするようなこともありました。いきおいに委せて事をする、というようなことはそれまではどちらかといえば多い方であったのでありましたが、この脳溢血にかかった後は、酒も一切廃しまして、盃を手にすることは絶対になく、それに向うみずに、いきおいに委せて事をする、ということはなくなってまいりました。睡眠時間も正しくとるし、三度の食事も正しく摂るというように、生活が規則正しくなってまいりました。それまでは激しい大腸カタルもやる、腸チブスもやる、赤痢にもかかる、といった風でありましたが、それ以後はほとんどそういう病気にもかからなくなりました。だから四十七歳の時に脳溢血にかかったということは、むしろ私の仕合せであったと言ってもいいのでありました。その後の二十七年の間、格別の病気もせずに今日までできたということは、この脳溢血のお蔭であったと言ってもいいのであります。

朝飯をすますと、鎌倉原の台の家を出て停車場に行って、汽車に乗込んで上京する。包の中には何冊かの雑詠の句稿が入れてある。その包をほどいて赤鉛筆をとり出して、選句にかかる。選句に没頭してすべてのことを忘れている間に東京駅に着く。すぐ前の丸ビルのホトトギス発行所にゆく。夕方になると鎌倉に帰る。そんな単調な生活をつづけてきたのでありました。以前酒をたしなんでいた時分は、そうはいかなかったのでありまして、時々は鎌倉の駅を眠ったままですぎて、横須賀まで行ったことも何遍かあったのでありましたが、そういうことは絶対にないことになりました。

人の句を選ぶということは、ほとんど私の主な仕事となったことは前にも申した通りでありますが、「ホトトギス」に設けた雑詠というものも、この頃になっていよいよ数を増してくるし、質もまた向上してまいりました。「新は深なり」(10)とか「花鳥諷詠」(11)とか「古壺新酒」(12)とかいうのは、私が信ずるところの俳句についての標語でありました。

大正十二年の震災のために、鎌倉能楽堂は倒壊してしまいまして、約十年間乱舞諷謡しておった場所はなくなってしまったのでありました。能楽堂のあった塔の辻というところは、鎌倉幕府時代には、幸若の舞がその辺にかかっておって、日蓮がそこに通りかかってどうかしたということを、物の本で読んだことがあるように思うのであります。その昔は歌舞音曲の巷であって、殷賑《いんしん》を極めた土地であったのでありましょうが、能舞台のできた頃は、片側には家がありましたが、片側は畑でありまして淋しいところでありました。その畑の一隅を借りて、そこに能楽堂を造ったのでありました。鎌倉の地にこういう場所のできたということは、もとより往時の殷賑な幸若の舞なぞが軒を並べておった時代に及ぶべくもないのでありますけれども、また多少その因縁がないともいえない感じがするのでありました。が地震のために倒壊してしまって、すぐその後に婦人科の病院が建ち、やがてその周囲にも沢山家が建ち、一面に人家が立ち並んでしまいました。その時分は会員の多くは東京に移ったり、また死んだりしたために、その建物の維持にも多少困難を感じてきたところでありましたので、その倒壊を幸にして、鎌倉能楽会はそれを最後として無くなってしまったのでありました。

文章会は子規の生存しておる時分に催しておった山会というものがその後も続いておりましたが、それが暫く中絶しておりました。がまたそれを復活しまして、月に一回文章を持ち寄ってそれを朗読することを始めました。以前の山会からも夏目漱石や長塚節《ながつかたかし》などが生れたと言っていいのでありましたが、この復興した山会からも、その後幾人かの文章を書く人を養成し得て今日にきていると言ってもいいのであります。今日でも私は諸君に伍してその山会で文章を朗読して互に批評し合うことにしているのであります。

地方にまいりますと、集るところの俳人はだんだんと数が多くなってまいりました。ある時大阪の毎日新聞社で俳句会を催しましたところが、申込者が二千名に達したものですから、出句を印刷してその印刷物によって選をし、その二千人の集合した講堂で披講したことがありました。二千人も集ったことはそれ以来あまり聞きませんが、五百人、六百人という集合は珍しくないようになりました。以前は地方にまいりますと、俳句というものを理解していない人が、突飛な質問を発したり、私を誹謗してやろうという考えから来ておる人がありまして不真面目でありましたが、この頃からそういう人は絶無となりました。

その後の十六年間

私がフランスに遊んだ時分に、パリーのサンサーンズの友次郎の宿に着いてみますと、すでに「ホトトギス」の雑詠の句稿が先着していました。それはシベリヤ鉄道で送ったのでありますから、私が出発した後に締切った原稿が早くも到着して、私の来着を待っていたのでありました。私は宿に着いた翌日からその選にかかりました。パリー見物は、船の中で一緒になった人々と団体でやることになっていたのでありましたが、いい加減のお附合いですまして、多くはとじ籠ってその雑詠選を終りまして、またシベリヤ鉄道によって送り返しました。それによって私の雑詠選は欠けることなく雑誌に載せることができたのでありました。

それからまたハイデルベルヒのシュロッス・ホテルに投宿した時も、二番目に送ってきた雑詠稿を携えていたので、宿の向い側にそびえておる古城、それは旅行をしてこの地にきた人は誰もが必ず遊覧することになっておるという、その古城を見ることもしないで、ただホテルから、その下を流れておるネッカ川を眺めながら、雑詠選に没頭したのでありました。それからベルリンにゆく汽車の中でもろくに窓外の景色を見渡すでもなく雑詠選をつづけました。

「新歳時記」とか「季寄せ」とか「俳句読本」とかいうものを作ったのは、俳句を作る人のために書いたものであります。「年代順虚子俳句全集」とか「句日記」とか「五百句」「五百五十句」「六百句」等は、私の俳句を集めたものであります。前からつづいておる雑詠は、その後ますます大きな流れとなってまいりました。私が欧洲の見物にまいりましたのは、ほんの一部分の地方でありまして、とば口だけを見てきたというにすぎません。その計画も、その見物に発つ時分に、自宅から東京の発行所に通うのと同じようなつもりで行ってくるのだということを申しましたが、全くその通りでありました。もっとも私の過去の旅行の中で一番大きなものであったのではありますが、それでも往復ともわずかに四ケ月という短時日でありまして、パリー、ベルリン、ロンドンあたりを一寸見てきたというにすぎませんでした。これは人に奨められるままに、それならば行って来ようかと、全く着のみ着のままで行ってきたのでありました。旅行に何の目的があるというのではなく、何を学ぼうというのでもなく、ただ途中の景色や人種の違った人々の生活を見物して来ようというだけのことであったのでありました。しかしもし、どこかの地で、何か俳句の話を要望されることがあったならば、その話はしてもよいと考えておったのでありましたが、はからずもロンドンのペン・クラブで招待されたり、ベルリンの日本学会に招かれたり、パリーのハイカイを作る詩人の会などに出て、俳句の話をする機会を与えられたのでありました。

小諸〔菁柿堂版〕

昭和十九年の九月に、私は信州小諸の与良野岸《よらのぎし》というところに移りました。これは老妻が足が不自由なため、早く、謂わゆる疎開をしたのでありました。浅間山が信州の方面に長く裾を引いておる、その傾斜面に散在しておる数ある小さい町、そこの一つの小諸というところに移ったのでありました。そういうところを何故選んできたかということは、私の五女の高木《たかぎ》晴子《はるこ》の一家が知合の人がこの地にあったために疎開してきた、それに誘われてきたのでありました。先に鎌倉に一冬を越そうと思って行ったのが、いつか長く定住する地となったように、今度かりそめにきた小諸という土地もまた捨てがたい土地となりまして、今はいつ帰ろうという考えもなく、やはり愚図愚図とここに止っておるのであります。時々憤ったように煙をふく浅間という山は、何となく親しみがある山でありまして、雪に埋もって、わずか二間きりの小さい家に閉じ籠って、家族中が炬燵に集っている夜などは、自分等はあの時々肝癪をおこしたように煙をはく、浅間の麓に住まっているのだと思うと、何となくその山に親しみを感ずるのであります。与良の野岸というところは小諸町でも端れになっていまして、ほとんど百姓家ばかりに囲まれているのでありますが、ここに住まっていると、寒暑の往来につけて百姓の生活状態の変化や、穀物野菜等の育ってゆき、収穫されてゆく様子などは、手にとるように判るのでそれが面白うございます。浅間の火山灰のため、土地があまり肥えていないということ、そのうえ寒気がはげしいということ、それらのため百姓の労苦も一層多いようであります。一陽来復した春になっても三、四月という月はまだ寒くて、畑のものの成育には適せず、漸く五月の初め頃になって播種が始まるというわけでありまして、それから慌《あわ》ただしく成育をみるという有様であります。またこの辺の百姓は、冬の間は炬燵や炉に籠り、ただ藁仕事ぐらいをしておるにすぎないのでありまして、その冬になる前に老も若きも山に薪をとりに行って、皆重い荷を背負って帰ります。そうして一冬中の薪を蓄えるのであります。そうしてその薪を炉に燃しながら冬を越すのであります。

この頃大仏次郎《おさらぎじろう》の奨めで、「苦楽」という雑誌に「虹」という文章を出しました。少し艶があるためか、人はそれを小説とよびますから、私もやはり小説とよぶことにしています。そうして、昔の小説を書いておった時代のことが思い出されてくるのでありました。今日は雑詠の選ということを中心にして、それによって後進を育成することが、私の天命であるかの如き感じさえしておるのでありますが、その傍らに山会を催して、文章の方もまんざら打ち棄ててもしまわないでいるのであります。私はかねがね俳句と文章の二つは私につきまとうておる二筋のものであって、馬琴《ばきん》の謂わゆる綯《あざな》える縄の如し——というその綯える縄を形づくっている二筋のものだと考えておるのでありました。また他人から強要されればあるいはまた小説に筆を執るようになるかも知れぬということを、ひそかに恐れていたのでありました。しかしながら俳句の選、殊に雑詠という大きな道は私の前に現存しているのであります。

初め文芸に遊ぼうと志して、高等中学を中退して、自ら荊棘の道を選んだ私は、今日かかる状態に追いやられてきているのであります。

宝文会員来襲

宝文会の人々が来た。

宝文会というのは、宝生流の謡を謡う文芸家の団体である。どういう人々であるのか。その会員の中で十人許りの人が私の宅を襲うということであった。

私は宝生流を謡うというものの、もと脇宝生の方を少し噛っており、それが途中から宝生流に変り、そうして型《カタ》は金春《こんぱる》流を少し習ったという混りッけの多いものである。その上未だ宗家に入門もして居ないような我儘な存在である。

正式に稽古をしたというのは先ず大鼓であろうか。これは明治三十四、五年頃、川崎《かわさき》九淵《きゅうえん》氏が私の郷里の松山から上京して来たあがりで、未だお弟子があまりなかった頃、当時囃子方の不振を嘆いていた兄の池内信嘉《いけのうちのぶよし》が心配して少し弟子も拵えてやらねばというので、先ず私に弟子になれと勧めた。同郷で、同年で、小学校に一緒に籍を置いたこともあるという間柄で、しかも師匠一人と弟子一人といったようなわけであったから、謂わば特別の関係で稽古をしてみた。先ず川崎九淵氏の一番弟子と言ってもいいわけだ。玄人の吉見嘉樹や亀井俊雄より先輩格だ。が、これも十年許り続いたくらいで、血の小便が出たのを境に止めてしまった。大鼓を打つものにはよくそういう事があるそうだ。今はもうほとんど打たない。「羽衣」の曲でも、さあ打てと言われると多少まごつく。が、打つとなったら正しく打てるだろうという自信がある。謡は十代に父に手ほどきして貰ったのだが、しかし基礎から学ぶという事をしなかった。今は老女ものでも平気で謡いはするが、根底が駄目だ。こういうのを野面《のら》謡というのであろう。

宝文会の人々は、たとい年齢は私より若くっても、恐らく素性のいい謡を謡って居る人々であろう。私は齢已に八十を過ぎて老いぼれておる。が諸君が来り襲うということなれば尻込みも出来まい。その宝文会諸君の来るという一月十八日を待って居たのである。

私の父は伊予の松山藩士であって、若い時から藩侯の前でもよく謡を謡っておったらしい。維新後旧藩祖を祀った東雲神社の能舞台で旧藩臣の間でお能を奉納する慣わしがあったが、その世話をし、また地頭《じがしら》を勤めていた。この能舞台の楽屋に父の弁当を宅から持って行くのが私の役目であった。その時はいつもその弁当を分けて貰って一緒に食べるのを楽しみにして居た。その頃は小学校に通っておったが、一応宅に帰ってから、肩に掛けておったカバンを玄関に抛り出し、父の弁当を持って直ぐその足で東雲神社に駈けつけるのであった。東雲神社は城山の中腹に在って、何百級かの石段を登らねばならぬ。その石段を登って居る時分に鼓の音や笛の音が聞えて来る。能のあるのは春秋二季の気候のいい時であったから、春の日の麗らかな時、秋の日の晴れ渡った時、その鼓の音や笛の音が山に谺して響いて来るのは、幼い耳にも楽しいものであった。それから漸くその何百級かの石段を登りつめて、その能楽堂に辿り着いて見ると、その能に出演して居る人々の家族の者の席はもとより、能の好きな旧藩士の家の人々などの席が、赤いケットを敷きつらねて見物席に充満して居た。その一つに我が家族の席もあるのであった。楽屋の父の席に行き、シテやワキの装束をつけているのを見たり、また能に飽くと神社の裏の広場に出て暫く遊ぶ。それが春であれば桜の花が風の吹くままに散っており、秋であれば蜻蛉がとび樫の実が雨の如く降るのであった。

またこんなこともあった。炬燵にうたた寝をして居ると、ひょっと耳に入って来るなつかしい響きがあった。それは父達の催している謡の集会が座敷にあるその謡の声が迦《か》陵頻伽《りょうびんが》の声として枕に響いて来るのであった。

私の兄達も皆謡を謡って居た。殊に仲兄の池内信嘉は能楽の不振を歎いて松山から東京に移住し、当時の能楽社会、先代の宝生九郎、先代の梅若実、桜間伴馬、それから観《かん》世《ぜ》清廉《きよかど》、喜多六平太等の間を種々周旋し、また脇方や囃子方の窮乏生活を送って居るのを遺憾とし、その後継者を養成するという事に殊に骨を折った。今日斑白の老人となっている囃子方の中堅層は兄の囃子方養成所を出た人々が多い。兄は能楽会の理事を長く勤めた。

そんな事の為に私も謡を習ったり大鼓を習ったり型を習ったりする因縁が出来たのであった。

近年句謡会というものがあって、俳句を作っている仲間で宝生流の謡を謡う人が集って、月に一回鎌倉の草庵で会合を催す事になっておる。これは近年といっても、もう大分以前から続いている処のものである。私はこの会に出る許りでほとんど他の会合には出ない。従って宝生流を謡う人々も充分に知らない。知っていてもそれ等の人々とあまり交遊はしない。この頃稽古をして貰って居る高橋すすむ氏の架水会という会にさえも出ないでいる。が、私が謡好きであるという評判があるということを聞いておる。そういうところへもって来て宝文会の諸氏が私を襲おうということであった。

さて当日になったので、私は女中を指揮して句謡会の時に出す様に見台代りの机を座敷にならべさせ、次の間のテーブルの回りに座布団を配置して見たが、その間は僅に八畳間であるために、畳の上に座れない人々は廊下にでも座って貰うより仕方がないと思った。

そこへ定刻に続々と集って、すぐ謡が始まった。

ここに雑誌「宝生」にその日の記事が載っていたからその一部分を借用することにする。

宝生流を嗜む文学者の謡会として、異色のある宝文会では、昨年来の懸案、虚子庵を襲う計画を漸く、一月十八日決行した。

主人側は虚子先生を初め、真下真砂子夫人、星野立子夫人の御姉妹、来賓側は学習院長安倍能成、野上弥生子両先生、両先生とも下懸宝生であるが、特に御参加頂いた。なお、中途から、松本長師の長子で俳人のたかし氏も参加され、非常に賑やかであった。

当日参会の会員は芸術院会員で洋画の有島生馬、ロシヤ文学の米川正夫、小説家の十和田操、ドイツ文学の高橋健二、仏文学の那須辰造、英文学の菊池武一、国文学の市村宏、岩波書店の渡部良吉の諸氏に記者であった。なお当日やむを得ず不参は憲法の宮沢俊義、ドイツ文学の高橋義孝、国文学の川瀬一馬三氏。地頭に高橋進師が、御多用の処を御差繰り願ったのは、会員一同感謝に堪えない。

諸君の専攻しておる学問は外国の文学美術が多い。それ等と能楽とは縁の近いものとは言えない。しかし諸君は皆熱心に謡っていた。諸君も何等かの因縁があって謡われるようになったものと思う。

これより前、計らずも宝文会の一員であった十和田操氏は「朝日文化手帖」の第一巻に「朝日俳句」を輯録することの話に来宅されたことがあった。当日も来会された一員であったので、「あなたも宝生流を謡うのですか。」と驚いたのであった。ところがこの宝文会の席上で私の「自伝」を出版したいという話があった。

来年の三月が自分の誕生日で満五十五歳の停年になる、その時までに是非出したいとのことであった。私は書けたらば差出しましょうと約束した。

（二十九年二月記）

国民文学欄

文章会を月々鎌倉の草庵で催しておる。これは昔、病子規の枕許からはじまったもので、その後人は変ったが、今日まで断続しながら続いている。そうしてこの会を山会と呼んでいる。それは子規が、「文章には山がなければいけない」と言っておったが為に誰いうとなく山会と呼ぶようになった。

子規歿後しばらく続いておった山会に四方太、碧梧桐、鼠骨《そこつ》、左千夫《さちお》、節、等がいたが、その時夏目漱石の「吾輩は猫である」の第一回を私が携えて行って読んだことがある。これは異色ある文章であったが、矢張り山会の産物といえば言えないこともない。

それから暫くこの山会は打ち絶えておったが、ホトトギス発行所が牛込の船河原町に在った時分に、これを復活する事にした。その時のメンバーは以前の人々とは変って、たけし、喜太郎、温亭、はじめ、秋圃、楽堂、月舟、フクスケ(龍男)、年尾《としお》その他の人々であった。

それから発行所が丸ビルに移ってから三たびこの山会が催されるようになった。その時の仲間は水竹居《すいちくきょ》、風生《ふうせい》、秋桜子《しゅうおうし》、龍男、喜太郎、たけし、青邨《せいそん》等であった。

終戦後は鎌倉の草庵で四たび目の山会を催す事になった。その仲間で今日まで続いて居る者は青邨、喜太郎、漾人《ようじん》、龍男、たけし、年尾等であって、その後正一郎が加わり、それにまた女流のおはん、実花《じつか》、千穂、景子、千代、最近は教子も加わった。地方に在って投稿して来る人に杞陽《きよう》、冬木がある。それに数年前から「玉藻」(13)に娘山会なるものが出来た。私の娘真砂子、立子、宵子、晴子、章子《あきこ》の五人、並に足立直子、潮原みつる、河合嵯峨、岩田楓、それに最近は酒井小蔦《さかいこつた》、渡辺才子等が加わった。

このホトトギスの山会が一月三十一日に草庵で催された時、一人の客が席に在った。それは深川正一郎君と連れ立って来た川端龍子画伯であった。

龍子君は文章会には関係なく、私をスケッチする為めであった。あとで正一郎君の話すところに依ると、私の画像を今度の春の青龍展に出すのだ、と云うことであった。

さて龍子君に接して話して居ると、「国民新聞」時代のことを思い出す。私は明治四十一年秋から四十三年秋まで国民新聞に籍を置いて居た。その頃龍子君もやはり国民新聞社の社員であった。また平福百穂君も同じように社員であった。

私は吉野左衛門の勧めで一時国民新聞社に入った。その頃左衛門は、社の政治部長と社会部長を兼ねて居た。政治部長だけでも繁忙なのに臨時に社会部長を兼ねる事になったのでやり切れない、と云って居た。左衛門と私とは古くから俳句の友であってよく往来していたが、一日俥を飛ばして私の所にやって来て、突然私に「国民新聞」の社会部長にならんか、といった。それは左衛門の考えか蘇峰《そほう》先生の考えかと聞いたら、無論蘇峰先生の考えだと言った。私は社会部というものには経験もなければ自信も無い、といって断った。左衛門は、なんという名義でもいいから兎に角入社しないか、と云った。私はいろいろ考えた末、社会部の仕事は僕には出来ないが、文学に関係する仕事ならば遣ってみていいと答えた。軈《やが》て「国民新聞」に文学欄というものを新設して、私がその部長になるという事になった。その頃はまだ一般の新聞に特に文学欄というものはなかった。「国民新聞」にはじめてそういう欄を設けることになった。その頃私は小説めいたものを書いたり一般の文芸に多少関心を持っていたので、従来「ホトトギス」の上でやっておった事を新聞の上に移して見るのも面白かろうと考えた。もとより左衛門のたっての勧めがなかったなら、思い立たなかったのが、その勧めに従って不図そんな考えが起ったので遂に文学部というものをこしらえ、文学欄創設という事になったのであった。国民新聞社では特に一室を設けてくれて其処に島田青峰《しまだせいほう》を入れ、それに実業之日本社から東草水《ひがしそうすい》を借りて来て、先ず陣容を整えることになり、後ちには野上臼川《のがみきゅうせん》も暫くの間手伝ってくれた。先ず小説一篇を載せるべく誰の小説にしたものかと考えた末、私は徳田秋声を選んだ。秋声はその頃、自然主義の作家として認められて居たようであったが、写生文という見地から云っても私は秋声を推した。一日私は本郷森川町に秋声を訪問した。座に小栗風葉《おぐりふうよう》が居た。その頃、風葉は秋声よりも遥かに文名が高かった。が、私は風葉は好まなかった。秋声に来意を通ずると秋声は快く承諾した。その小説は「新世帯」というのであった。これは秋声が細君をもらって新しく世帯を持ったのにヒントを得た小説であったように思う。多少の小説的虚構はあったろうけれどもしかし写生文という見地から見て納得の出来るものであった。これは後に「朝日文芸欄」に出た「黴」「爛《ただれ》」などの前篇と見るべきものである。即ちこの「新世帯」に筆を起して「黴」「爛」と進んで行ったものであろう。

後になって森鷗外にも執筆を頼んだ。私は勿論創作を望んだのであったが、鷗外は多忙の為め翻訳物にしてくれと言った。私は毎日団子坂の邸を訪うて、軍医局長時代の鷗外が役所から帰って来て佩剣《はいけん》だけを解いて軍服のままで長火鉢の向うに坐ったところを待ちうけて、原書を手にしながらすらすらと翻訳して行くその口述を筆記したのであった。かくの如きことが二タ月ばかり続いたように思う。

私は国民文学欄をおよそ二年間担当して居た。ある時、蘇峰先生の側近の人が二人態々《わざわざ》文学部の部屋に来て、改まってこういう話があった。「国民新聞」は蘇峰の「国民新聞」であるから、蘇峰の手を通して文学部に廻した原稿は載せて貰わねば困る、とそういう話であった。それは社長の方から廻って来た原稿も、私が見てあまり面白くないと思ったものは載せずに置いた。それがかなりな数になっておったのを云うのであった。文学欄を私が担当した以上は、その欄だけは私の自由にする、という事は左衛門との話の時に云った事で、私はたとい社長の手許から廻って来た原稿でも、それの採否は自分にあるものと心得て居た。が、そう云われて見るとそれももっともなことである。私はその旨を了承したが、これからこの文学欄に対する熱情は薄らいで来た。

のみならず他に一つの出来事は、国民文学欄をはじめて一年後、「朝日新聞」に漱石が入社して朝日文芸欄なるものが創設されたことであった。この朝日文芸欄なるものは国民文学欄にのっとったような形であった。漱石の入社ということは大分派手であり、従って文芸欄も大分派手に発足した。先ず漱石の「虞美人草」を載せ、つづいて秋声の「黴」を載せた。それから後に長塚節の「土」を載せた。節は「ホトトギス」の写生文家としてそれまでに「ホトトギス」誌上に数篇の作品を発表していた。「ホトトギス」に載せた「芋掘り」は「土」と同じ材料であった。茨城地方の貧農の写生であった。

以上の事の上に、私が「国民新聞」に力を割くようになってから「ホトトギス」の部数の減少するという事もあった。乗りかかった船で国民文学欄に力を尽くして来たが、しかし子規以来の「ホトトギス」を永くその儘にして置く事も忍びないことであった。私は国民文学部を島田青峰に一任して再び「ホトトギス」に専念することにした。

この国民文学欄に携っている間は固より、その前後に私は小説がかったものを書いた。「俳諧師」「続俳諧師」「風流懺法《ふうりゅうせんぼう》」「斑鳩物語《いかるがものがたり》」「大内旅宿」「三畳と四畳半」「朝鮮」「柿二つ」「杏の落ちる音」「道」「落葉降る下にて」等。そうしてその間碧梧桐の称《とな》えた俳句の新傾向に慊《あきた》らなかった。私は暫く小説に遠ざかることにした。

私が「ホトトギス」以外のことに携ったのはこの二年間であった。聊《いささ》か脇道をさまようた感があったこの二年間は私のよき試練であった。それより以来、最近年尾に譲るまでの間はただ「ホトトギス」にのみ携った。そうして俳句指導の傍ら写生文にも携った。

龍子君は私が止《や》めるのと前後して国民新聞社を退いたように思う。そうして青龍社を創めて今日に来ている。百穂君は私より大分後まで社にとどまっていた。そうして同じ社にいたという縁で龍子君、百穂君共に「ホトトギス」の表紙、さしえ等に筆を執ってくれた。左衛門君、百穂君は已《すで》に世を去って無い。そうして蘇峰先生は九十三の高齢でなお健在である。

（二十九年三月記）

丸ノ内ビルディング

二月の山会の日にもまためずらしいお客さまが一人あった。それは新橋の姐さんの小《こ》時《とき》女史であった。

小時は現在新橋で俳句を作っておる芸者仲間で、最も古い知り合いである。それは三菱地所部長であった赤星水竹居《あかほしすいちくきょ》主催の俳句会で出逢ったのがはじめてであるように覚えておる。だんだん昔に遡って行くようであるが、大正十年頃であったか、その頃ホトトギス発行所が牛込船河原町に在って、私は鎌倉の宅からその船河原町の発行所に通っておった。毎日東京駅を通過する時に、その頃三菱ケ原と呼ばれておった東京駅の前の原ッぱに、大きなビルディングの建ちつつあるのが目にとまった。私はその未完成の建物に目をやりながら、ホトトギス発行所をこのビルディングに移したならばどうであろうか。第一鎌倉から通うのに便宜である。しかし借賃はいくらくらいであろう。と、そんな考えが頭に往来しながら空しく日が過ぎ去って行くのであった。とうとうある時新聞に出ている丸ノ内ビルディングの広告を見て、思い切って三菱の地所部宛に問い合せの手紙を出した。誰の紹介もなく一貧生の手紙であるから返事はどうか知らんと、大した期待も掛けずに居った処が意外にも余り日数も経たんうちに返事が来た。それには、兎に角お目にかかってお話して見たいから何月何日何時頃に三菱何号館に来てくれ、と云うことであった。私はその時間に行って見た。ところが誰も居ない部屋に通された。一脚の椅子に腰を掛けて待って居ると、其処に現れたのが私と同年配くらいの人であった。そうして何のために使用するのか、部屋代はこれこれであるが支払能力はあるか、というような事を仔細に聞かれた。私は「ホトトギス」という貧しい雑誌を発行することと、支払能力はまあああるであろうと思うが、という返辞をした。この人は別に横柄というではなかったけれども兎に角金権の王者である三菱の人で、私の支払能力を疑って居るように思えた。それから広い部屋と狭い部屋とがあるがその狭い部屋の方がよかろうと云うことを先方で極めた。愈々《いよいよ》借りる事になって私は帰った。この人が三菱の地所部長の赤星陸治《りくじ》氏であることが後になって分った。

後《の》ちに水竹居氏(赤星陸治氏)の語る処に由ると、俳句の雑誌を出しているくらいで支払能力があるかどうか、それは大変疑問であったが、しかし私が熊本の第五高等学校に学んで居る時分に不図したことで京都の第三高等学校に学んでおる高浜虚子という名前を知るようになり、(水竹居氏と私とは同年であった。)自分もまた文芸の方面に志がないでもなかったので、その人が今突然丸ノ内ビルディング借用の事を云って来たとは面白い、兎に角一度逢って見るだけ逢って見ようと思って面会して見たのであった。室代が払える見込みがあるか、と聞いた時に、払えるだろうと思う、と云う答えが気に入った。多少あぶなく思ったけれどもお貸しすることにしたのだ、と笑いながら話して居た。

大正十一年に丸ノ内ビルディングは落成して愈々這入る事になった。ホトトギス発行所が引越した時分はまだ室はまばらにふさがっているに過ぎなかった。ホトトギスの部屋は六階の内庭に面した部屋で、日の当らぬ暗い陰気な部屋であった。この部屋で関東大震災に逢った。私はその時出勤してはいなかったが、書棚が転落して、小樽の高等商業学校から夏休みで帰っていた倅の年尾が折節其処にいて負傷した。(ホトトギス社はその後ち七階、八階とだんだん上に昇って行って、今は八階の最も明るい南受けの室に居る。)

大震災の後ち鎌倉から田浦まで歩いて行って、ある海軍の軍人の紹介で特務艦「関東」に乗って品川に着き、そこで戦艦「伊勢」に乗り換えて一泊した。それは地震の七日後であったがまだ毎日のように余震が続いた。軍艦に乗って居る間は静かで、余震というものを忘れておったことを今でも記憶して居る。品川沖から丸ビルまで辿りつく間、ところどころまだ家の焼けた余燼《よじん》がくすぶっておるのを見たり、丸ノ内に入ってある西洋料理屋にすいとんが有ると貼り出してあるのが目に留って、そこに入ってそれを食べて空腹を凌いだ。そうして漸く丸ビルに辿り着いて見ると、丁度赤星陸治氏はゲートルを巻いて恐ろしい顔をしてエレベーターの前に突っ立って居た。私はちょっと目礼したが赤星氏は私に目も呉れず何をか考えて居るようであった。

その赤星陸治氏がその後俳句をはじめるようになって、水竹居と号し、熱心なる俳句の仲間となった。また、熱心な優れた写生文の作者となった。俳句、文章、の道に入る事が遅かったことを悔いるような有様で、ほとんど毎日のようにホトトギス発行所を訪れて非常に親密な交遊を重ねるようになった。それから遂に三菱の社長の岩崎小弥太氏も俳句をはじめるようになり、自然三菱の重役連中の間にも俳句熱が拡まるようになった。三菱の医局長であった佐藤漾人《さとうようじん》氏は古くから作句しておる私等仲間であった。

また水竹居氏は自から兵站部《へいたんぶ》と称《とな》えて仲間の俳人を料亭に招いて、そこで俳句会を催した。その時に五郎丸、小くに、小時、また少しおくれて実花、おはん等も芸者として杯盤に侍しまた一緒に俳句を作るようになった。実花は山口誓子の妹であって、俳句の作家としても忠実であり、遂にはホトトギスの同人に推すようになったが、五郎丸、小くに、小時などは本職の方に多忙で春秋二季の東踊で、五郎丸は清元の三味線、小時は常磐津の三味線、小くにはまり千代、染福等と共に踊りの方の先輩として押しも押されもせぬ存在となった。

実花はおはんと共に山会に出席して居って、この頃は文章にも熱心である。小時はきょう文章会と聞いて、実花と共に暫くぶりに私をたずねて呉れたのであった。

（二十九年三月記）

祖先祭

三月二十三日、私等は「つばめ」で西下しつつあった。真下真砂子、星野立子、池内友次郎、同大太郎、上野泰、同章子、それに池内俊子、酒井小蔦なども一緒であった。泰、章子の夫婦は九号車であり、他の者は皆八号車で一と所にかたまって居た。関ケ原を通過する頃に私は友次郎と並んで腰掛けて居て、不図話は、友次郎のフランスに最近行った時の事になり、それから暫く二人の間に話は続いた。

友次郎は十九の年から十年間許りフランスに遊学し、パリのコンセルバトアールに学んだのであった。今は芸術大学の教授で作曲科を担当しておる。一昨年であったか巴里のその母校から招聘を受けて渡仏し、その卒業式に試験委員として出席し、昨年また、文部省の依嘱を受けて、音楽ユネスコの会議に日本代表として渡仏したのであった。私も昭和十一年に一度渡仏したことがあり、その頃のコンセルバトアールの教師であった

二、三の人にも面接したことがあった。その中で一番年長であった作曲科のビュッセ教授が、今年九十歳近くで未だ壮健であって、私が逢った他の教授達は皆もう故人となって居る中に、独り長寿を保っていて、耳は少し遠いが、今度も友次郎を引連れて某所に行くのに自動車にも乗らず数町のところを自ら先に立って歩いて行くという元気であったそうである。そんな話がもとになって、パリにおける音楽ユネスコの話や、ベルギーのブラッセルに開かれた国際音楽会の話などに及んだ末、向側に腰掛けておる立子に話しかけた。

「姉さんと一緒に伯母さんのお骨を持って松山に行った。あの時僕が丁度今の大太郎ぐらいの歳であって、お父さんが丁度僕くらいの年であったように思う。」

と云った。私もその時の事を思い出しつつ、二人の話を聞いていた。今、汽車の退屈な旅に三人はその昔の思い出を語り合うのであった。その昔は友次郎は伊予絣の筒袖の羽織を着ており、立子はお下げの小娘であった。尾道から三津浜に渡る小蒸汽で、詰襟の洋服を着て足袋を穿いたボーイが、大きなお櫃を持って来て御飯の給仕をしてくれた事も二人は覚えていた。それから三人で船の中の湯に入った時、立子の手がすぐ目の前の蒸汽管に触れて火傷をした事も立子に取っては忘れられぬことであった。

「その時の傷痕がまだ残っている。」

と、立子は言った。それから松山に一週間許り滞在、嫂の骨の埋葬をすませてから、帰りに大阪の網島の藤田《ふじた》耕雪《こうせつ》を訪ね、その時二人は藤田の書生に連れられて、その自家用の自動車に乗せられ、桜の花の満開であった宇治川堤をドライブしたことも深い興味を覚えたのであった。その頃自動車は極めて珍しいものであった。今の友次郎を振り返って見ると、最近二度も仏蘭西に往復し、頭は半白で顔にも幾筋かの皺が見える。立子も女相当の身だしなみはしておるが、それでも、もう二人の孫のある身であって、最近短い時日ではあったが、南北米を飛行機で廻って来たのであった。地球は太陽のぐるりを幾十回転した事か、二人はすでに五十の坂を越したか、もしくはまさに越さんとしている年配である。私は立子の傍らに雑誌に目を落している大太郎を見た。それは成程当年の友次郎の年配であった。またその頃今の友次郎の年配であったという私は、今年八十一になって、叡山で祖先祭をするために今子供達と一緒に西下する汽車の中に在るのであった。

池内家の池内荘四郎政忠(後、信夫と改む)は私の父であって、その長男政忠(父の名乗を継ぐ)は、池内家のあと取り、次男三男は分家してやはり池内を名乗り、(たけしは、その分家、荘四郎の次男信嘉の子）四男の私は後継のなかった親戚高浜家を継いだ。そうして長兄二世政忠に子供がなかった為め、友次郎を後継とした。そこで私の長男年尾は、高浜の後継者、次男友次郎は池内家の後継者となった。されば池内、高浜の両《ふた》つの流れは一たん私という池になり、それからまた二つの流れになって行った。そういうわけであるから、叡山における祖先祭も池内、高浜両家の祖先祭という事になる。（私の娘五人は真下、星野、新田、高木、上野とそれぞれ縁づいている。またそれ等の娘等は代り合ってこの祖先祭には列席しておる。）

私は毎朝祖先の位牌に捻香し、礼拝するというようなことはしない。すればいいのであろうけれどもそういう事はしない。が、祖先を敬するというのは悪いことではないと思って居る。神社仏閣に参ってもめったに頭を下げないが、しかしこれも広い意味の祖先礼拝だと思って他のするのを見ていても悪い心もちはしない。神社仏閣に参詣する善男善女は孰《いず》れも現世後世の自分をたのむのではあろうけれども、そこに矢張り祖先をおろそかにしない念慮がひそんでおることと思う。

祖先を祭るというのは感じのいいものである。延暦寺の本坊滋賀院の正面の須弥壇《しゅみだん》に祀ってある本尊の前には香華が手向けてある、導師は数珠をひねって経を唱える、左右に坐って居る伴僧は高らかに経文を転読する。そうこうしておる中に本尊の前あたりが一層明るくなって来て、其処に祖先の霊が降りて来るような心もちがする。私はそれで満足する。導師は更に「池内家高浜家先祖之牌」とある位牌の前に坐って、また経を読む。私は香を三捻する。池内友次郎、高浜年尾の両人は左右に並んで香を三捻する。池内大太郎(友次郎の長男)、高浜初也(年尾の長男)も左右に並んで捻香する。その他同行した真下真砂子、星野立子、年尾の家族等も代る代る捻香する。なお俳句会のため来集した人々の中の有志の人々も捻香する、かくて祖先祭は終るのであった。

(二十九年三月記)

椿の苗木

私は毎朝、朝めしがすむとそれから三十分許り庭を散歩することにして居る。これは二、三年来のことで、以前は由比ヶ浜を散歩して来ることにしておったのであるが、近年は、目が老人性白内障とかで二、三間先きを通る人顔もはっきり見定めがつかず、それに足もだんだん悪くなって来たので、この頃は門を出ず狭い庭を歩くことにして居る。建物の周囲を繞《めぐ》ったり、庭木の間を潜ったり、狭い庭も三、四十回廻っておるうちに三十分間は経ってしまう。そうしてその道を中辺路《なかへち》また大辺路《おおへち》と呼んでおる。これは紀州の熊野詣りをする時分に、田辺から海岸伝いに新宮に出て、それから熊野川を遡って本宮に出るのを大辺路とよび、田辺から山を横断して本宮に出るのを中辺路とよぶ、その称呼に慣《なら》って戯れにつけた名前である。

庭に椿の大樹(という程でもないが。)がある。丁度俳小屋(書斎)の前に当る所で、この椿は寒椿に属するものか、年によって多少の遅速はあるが、十一月頃からぼつぼつ花をつけはじめて一、二月頃が最も盛りで、三、四月頃までつづくのである。私は書斎に在って明け暮れこの椿の花に対しておる。

造化又赤を好むや赤椿　　虚子

小説に書く女より椿艶

椿艶これに対して老一人

そうしてこんなことを空想する。その椿の花が赤い衣をつけた数多い天使のようなものになって、足の悪い目も覚束ない私をかき抱くようにして自在に空中を飛翔して好きな所に連れて行ってくれる、とそんなことを空想する。それからまた、山田徳兵衛氏から貰った女人形に椿子という名前をつけて暫く座右に置いた。（それは安積叡子《あづみえいこ》さんに贈った。その事は「椿子物語《つばきこものがたり》」に書いた。）

そのほか庭にはなお四、五株の椿がある。それ等は皆三、四月頃になって花をつける。朝三十分間の散歩の時に、これ等の椿の下を見るとたくさんの実生の椿がある。それはそのへんに散らばっている落椿を掃くついでに熊手に引っかけられたりしていたためられるままになっていた。

叡山の横川《よかわ》に虚子塔という石塔が建つ事になった。これは叡山の僧達の好意で、私の爪髪塔を建ててくれたのであった。そうして其処に椿を植えることを、これも叡山の僧達の発意で始められた。これは「椿子物語」を読んで、それから思い立ったものであろう。

その虚子塔の開眼供養には私も列席した。座主はじめ衆僧の厳かな読経の下にその儀式は執り行われた。それに私が嘗《かつ》て起臥したことのある横川中堂の政所《まんどころ》を修築して、そこを昨年私等の一泊する所に当てられた。これも虚子塔と同時に計画されたことであった。この椿を植えるということも早速実行に移すべきだと考えた。それで「ホトトギス」、「玉藻」誌上にもその事を書いた。また私も昨年の末に庭の椿の実をとって、これを横川に送った。またそれ以来書斎の前の椿の下にある沢山の実生に竹の枝折を造って、これを保護することを忘れなかった。機会があれば自から横川に持参せんためであった。

私は毎朝三十分間の散歩の時に、中辺路、大辺路と歩を運び、これ等椿の樹の下に来るたびに、ちょっと足をとめてその下に生えておる実生の椿に目をとめるのであった。

今度三月二十五日、父の祥月命日に、祖先祭を滋賀院で修しそのついでに、横川に行って見ることにした。真砂子、立子、友次郎等を帯同して「つばめ」で西下した。その時彼《か》の実生の椿を苞《つと》にして提げて行った。それは四十本ばかりあった。

午後四時半京都に着いた。それから車で坂本のケーブルの下まで行って、叡山に上り、その夜は東塔の大書院に泊り、翌朝出発、京阪地方の十四人会、白梅会の人々、但馬から杞陽、昭子、香葎、叡子等の人々と西塔で落合い、五十丁の尾根伝いに横川に行き、諸君の携えて来た椿についで私もまた四十株の芽生えの椿を虚子塔の後ろの山にかけて植えた。また、残っていた二、三本を一念寺(横川中堂政所)に植えた。そうしてその日の中に再び五十丁の尾根道を通り大書院に帰り、翌二十五日山を下りて坂本滋賀院の祖先祭に列席した。

二十六日は京都に一泊、その夜「青」の句会に列席、翌朝大徳寺、光悦寺に遊びその夜「はと」で帰鎌。

二十八日の朝はやはり朝めしをすますと三十分間の庭の散歩を試みた。その時彼《か》の大椿の下を見ると、なおとり残した実生の椿が五、六本あるのに気がついた。この苗木も何時かまた機会を見出して横川に運ばれるものである事を思うた。

（二十九年四月記）

「高浜虚子」

大野林火《おおのりんか》君が来た。角川書店主人の代りに二、三の用事を持って来たのであった。用談がすんで暫く雑談をして居た。

林火君の顔を見て居ると私は数年前の事が思い出されるのであった。それは日支事変が始まってからであったが、まだ大東亜戦争にならなかった頃のことであったように思う。古い「ホトトギス」が見度《みた》いという林火君の申出《もうしい》であった。私は林火君とはあまりそれまでに交渉もなかったのであるが、「ホトトギス」は発行所に備え附けてあるから行ってごらんになるのは差閊《さしつか》えない、と答えた。それから林火君の発行所通いはぼつぼつはじめられた。私が発行所に行った時、よく古い「ホトトギス」の合本を手にして居る林火君を見かけた。

それから多少月日が経った後に新刊の一本が私の机上に送られて来た。それは「高浜

虚子(14)」と題した書物であった。私の俳句を沢山紹介して、終りに、

「私はこの句で虚子作品の鑑賞を終る。明治、大正、昭和の三代にまたがる虚子作品を検討してきて、いま私に与えられた結論は、極めて平凡ではあるが、虚子の存在の偉大ということに尽きる。日々月々の俳壇を眺めていると、とかく華美なものに目を奪われがちであるが、それらも一たび虚子に比すれば、みじめなほどその光芒を失うのである。子規に俳句革新の栄誉を与えれば、虚子は半世紀に亙る長い俳句生活により、営々として現代俳句の骨格を打ち樹てた栄誉を負うものである。子規は俳句を一般文学の線にまで引上げたが、虚子は俳句を自然諷詠詩に限定して、他の文学との区別を明瞭にするとともに、一方その俳句を、凡人主義によって広く滲透させたのである。子規により俳句の学的研究の道が拓かれたが、これは虚子により全く等閑視されて了った。こうして子規、虚子を比較してゆくと、作品において、質量共に虚子は子規さえ凌ぐとも云えるのである。殊に十七字という短詩形における描写力という点では、虚子においてその極に達したともいうべきではあるまいか。

しかも次代の俳句は、この巨大なる虚子を乗り越えたところに樹立せられねばならぬ。それは虚子によって為された描写力を基にして、虚子により見棄てられた俳句と生活とのつながり、俳句のなかに人間精神を復活させることにより為されるのではあるまいか。」

私の俳句の解釈はおおむね要領を得ておったように思う。また、懇切叮寧でもあったが、その結論には異見もあった。

今、君としずかに対談して居るうちに当時その書物を一読した時の感じを思い起した。そうして最近(といっても一年間ばかり前になるか。)水原秋桜子君の書いた同じ「高浜虚子」という題名の書物が出た時に、(この林火君の書物は一本を恵贈してくれたので読んで見た。秋桜子君からは送って来なかったので遂に読む機会を得なかった。)また「高浜虚子」という題名の書物が出たのかとおかしく思った。死んで後ち出るのなら兎も角、生きておる間に私の名前の書物が二冊も出たことをおかしく思った。

老の春高浜虚子といふ書物　虚子

何年前のことであったか亡くなった岩波茂雄君が、ある日突然ホトトギス発行所に私を訪ねて来たことがあった。応接間で会って見ると岩波君は言葉を改めて、今まで「岩波文庫」を出して来たが、今度また「岩波新書」というセリーズを出してみようと思う。それは今までの岩波文庫とは性質を異にするもので、新しく稿を起したものを出すつもりである。それについて、私には「俳句への道」というものを書いて貰いたい。という事であった。私はその旨は承諾したが期限は切らないでおいてもらいたい、といった。早速広告に予告された岩波新書の中に「俳句への道」というのもあった。

その後、新書は続々として刊行された。私は心に懸りながらも怠って居た。岩波君も別に催促はしなかった。爾来空しく十数年を経過した。岩波茂雄君は突然病んで亡くなった。それからまた数年経って新書の係りの古荘信臣という人が来て、岩波新書に執筆をたのんで来た。そうして「俳句への道」を書いてもらいたい、と言った。その題名は往年岩波茂雄君に約束したものであることを話した。私は老来自ら稿を起すことは乙構であり、雑誌に書いたものを集めたものでよろしければ、と言った。それでよろしいとの事であった。爾来また二年近くを経過した。私のこの頃の俳句に対する考えは断片的に毎号「玉藻」誌上に発表しておる。これは大概古く言ったことをまた繰り返しているに過ぎない。しかし私の所見は昔と今と変りがない。これは私と意見を異にする人々と論争せんがためのものではない。ただ私の俳句に対する考えを記録して置くためのものである。「俳句への道」にはこれ等を纏めることにしようかと思って居る。(それは既に出版されておる。)

林火君とは主として、角川書店から出そうかという話のあった「写生文集」の事を話した。一日、角川書店の主人とそういう話をしてから私は、古い「ホトトギス」を取り出して明治三十一年十月「ホトトギス」二巻の一号(東京で私が出しはじめた一番最初の号)からの写生文を点検して行って見たのであった。先ず十一、二巻まで、即ち十年間許りの間の写生文を点検して見たのであったが、集録したいと思う文章は既に原稿紙にして二、三千枚以上にも達した。爾来今日までおよそ五十年も続いた「ホトトギス」のものを集録するとなると、何万枚何十万枚となろうか。そういう浩瀚な書物を出す事は目下不可能であろう。何とか方法を講じなければならぬということを林火君に話した。

（この原稿は「現代写生文集」と題して先ず現代のものだけを纏め、已に角川書店に送って置いた。）

（二十九年四月記）

無　学

岩波書店から出ている「文学」という雑誌に、子規についてという文章の要求があった。それは今年の二月の末のことであった。子規のことについて、という事になれば何か書かなければなるまいと引請けた。陳腐な道灌山での訣別ということを書いて送った。それも新しい記述というではなく、例の飄亭宛の子規の手紙についてであった。それはこういう文章であった。

訣　別

子規の事はほとんど言い尽した。まだ書けばいろいろなことがあるのではあろうけれど、一寸思い出せぬ。また、子規の評論をする事は私の任ではない。むやみに褒めるのはおかしいし、また子規をけなすのも心苦しい。子規の事については、ただ事実を思い起して、それを述べるだけである。その事実も一応種の尽きた感がある。

殊に一昨年、子規の五十年忌に当って、私は一年間『ホトトギス』と『玉藻』等に子規の事について思い出し思い出し書いた。それも、従来書いたものと重複したものが多かったかも知れぬ。ただ観点を異にしたり、精粗の差がある位のものであった。そうしてそれは『子規に就て』という小冊子になって創元社から既に出版されて居る。

此処には道灌山で子規と訣別(?)した時のことを思い出して見る事にしよう。これも頗る陳腐な話ではあるが、今日八十一歳になった私が、当時数え年二十九歳の子規と二十二歳の私とが話し合った事を回想して見ることにする。これには少し私の解釈が交ることになることを許されたい。

先ず神戸の病院で九死に一生を得、須磨の保養院に移って静かに病後を養おうとした子規、神戸の病院から保養院まで附添うて行って看護に当った私、その両人の事を考えて見よう。

それまでの子規は何か世の中に広く事を成そうとする野心に燃えていた。遂には戦というものが見度くなって、自分の身体の事も忘れて満洲に渡って見た。それはやや、とりとめもないと思わるる子規の空想を満足さす為であった。しかし、事志《こと》と違って病を得て内地に帰って来た。そうして永い病院生活のあとで漸く須磨の保養院に落ちついたのであった。子規は今後は俳句にのみ専念すべく決心した。そうして廃残の身体でその俳句のみに限局された仕事すら前途がおぼつかなく思われた。誰か後継者をと志した。その傍に居る私を顧みた。子規は飄亭に与えた書翰の中にこう書いている。

碧梧、虚子の中にても、碧梧才能ありと覚えしは真のはじめの事にて、小生は以前よりすでに碧梧を捨て申候。併し虚子は何処かやりとげ得べきものと鑑定致し、又随つてやりとげさせんと存居、種々に手を尽し申候。小生の身命は明日をもはかられぬもの、小生の相続者は虚子と自ら定め置候。

と書いてある。子規の意中には既に早くからそういう考えがあったのかも知れないが、兎に角その時の子規の感情は極めて尖鋭で人なつかしい感じも交って居ったものと想像される。傍に居った私に葡萄酒の盃をさして、あたかも誓を要求するが如き態度を示したのを見ても、その時の子規の心持は大方想像する事が出来る。ぼんやりとその盃を受けた私は後継者に指命されたというだけで帰京して、ただ古い本「中庸」を一冊繙読して、毎日をぼんやりと過していたのであるが、道灌山まで出向いて為した最後の子規の要求は極めて峻烈で切迫した感じのものであった。私はもう少しゆとりが欲しかった。殊に子規は読書の事をやかましく言った。私は学究になる事に興味がなかった。私は多少の圧迫を感じた。私は後継者という絆を逃れるべく決心した。種々問答の末、遂にその事を辞退した。子規が飄亭に当てた手紙にはこう書いてある。

吁《ああ》命脈は全くこゝに絶えたり。虚子は小生の相続者にもあらず、小生は自ら許したるが如く虚子の案内者にもあらず、小生の文学は気息奄々《えんえん》として命旦夕《たんせき》に迫れり。今より回顧すれば虚子は小生を捨てんとしたること度々ありしならんも、小生の方にては今日まで虚子を捨つる能はざりき。親は子を愛せり、子を忠告せり。然れども神の種を受けたる子は、世間普通の親の忠告など受くべくもあらず。子は怜悧《れいり》也、親は愚痴也。小生は箇程《かほど》にまで愚痴ならんとは自ら知らざりき。小生蕭然《しょうぜん》としていふ。忠告ヲ納レズトモ子ハ文学者トナラヌトハ限ラズ。我モ絶交スルトイフニハ非ズ。只普通ノ朋友トシテ交際シ今迄自ラ許シタル忠告ノ権利及び義務ヲ抛棄《ほうき》スベシ。

正直ナル者ハ最後ノ勝ヲ制ス。子ニシテ野心ナクンバ却テ無上ノ栄誉ヲ得ンモ測ラレズ。併シ野心アル者ノ勝ヲ制スル事少カラヌモ又俗世ノ常態ナリ。子ニシテ野心ナクンバ零落シテ乞食非人トモナラヌトハ限リ難シ。然レドモ是レ不遇ナリ。世間ノ悪《あし》キナリ。子ハ悪キニ非ズ。子ハ何処迄モ高尚ナリ。我等ノ及ブ所ニ非ズ。我ハ飽ク迄人物ノ上ニ於テ子ヲ崇拝ス。仮令《たとい》我ヲシテ無上ノ栄誉ヲ得セシメ、子ヲシテ物ノアハレニ零落セシムモ、我ハ尚人物ノ上ニ於テ君ヲ崇拝セン。

併シ我ハ文学者タラント欲スルナリ。他日我ガ栄誉ヲ得タル時ハ是レ文学者タルヲ得シ時ナラン。其時ニ子ヲシテ若シ零落シ尽サシメバ、胸中ニ如何ノ文学思想アルモ最早世上ノ所謂文学者ニ非ルナリ。此時……此刹那……子ハ人物ノ上ニ於テ我ヲ笑ハン。……我ハ文学ノ上ニ於テ子ヲ冷笑セン。

こんな具合で、子規とは一応訣別(?)するような羽目になってしまった。子規も重い足を引きずって家に帰り、私も淋しい心を抱いて下宿に帰ったのである。しかし、八十歳になった今日、振り返って見ると、これは当然すぎる程当然な成行である。子規はこの時以来、七年の歳月を閲《けみ》して世を去って居る。寸陰を惜しんで息をつめて、刻苦勉励したのも当然の事である。私はその後、約六十年の歳月を閲してなお生きて居る。余り切迫した感じも抱かず今日に来たのも当然の事である。もっともこれは結果から見て言うことで、その時は若死するか長生きするか、それは計り知るべくもなかったのであるが、自然そんな運命を辿る可《べ》く神が異った人間を造りあげたものとも言えるのである。

子規はまたこう言って居る。

一語なくして家に帰る。虚子路より去る。さらでも遅き歩は更に遅くなりぬ。懐手のまゝぶらぶらと鶯横丁に来る時、小生が眼中には一点の涙を浮べぬ。今後虚子は栄ゆるとも衰ふるとも我とは何等の関係もあらず。去れども涙は何を悲しんでか浮び出たる。嗚呼《ああ》正直なる者は涙也。義理づくにて久離《きゅうり》きりたりとも縄かけられる子が可愛うなうて何とせう。虚子はどこまでも神聖也。此後どこまでも神聖なるべし。彼は文学者となるには余り神聖過ぎたり。彼は終に文学者の材料となり卒《おわ》んぬ。

その後の子規は変る処なく私を誘導してくれた。私もまた変る処なく子規を敬愛した。ただ、一人の後継者を定めて置くという考は子規の頭を去って、その後子規の周囲に集って来た人を普く誘導することになった。また私も自分の好む処に従って、子規に制肘されることなく行動する自由を得た。その方が子規の事業(?)の上から言っても幅があってよかった事と思う。また私の仕事から言っても楽しんで自分の好む処に進む事が出来た。

さりとて、今日から見ると、結局私は子規の後を歩んで来たもののように考えられる。子規の事業というものは多岐にわたっておる。それ等の中には私の関係しないものがある。が、ただ俳句と文章の事だけは多少その志を継いで今日に来たものと考えて居る。

後継者ということはどういうことを意味したのか、学問ということはどういう範囲の学問であったのか、そういうことは究明もせずにただ語り合っていたのであった。あれで子規の言を容れて、多少の書物を読んだところで、私が果たして子規の望むが如き後継者となり得たか、どうか。

子規は学問の事を頻りに気にしていた。知らぬ事があると非常に恥じた。書物の蠹《しみ》と言われる方ではなかったけれども、無学者といわれる事を非常に嫌った。私は無学者であることが気楽であった。そうして何でも知らぬ事があれば人に聞いた。巷間にも知らぬ事が沢山にある。それも人に聞けばよい。自分の知っている範囲内の事は極めて少ない。その他の事は人に聞く。世の中には何でも知っている人がある。そういう人は尊い存在であるが、私等はそういう人に物を聞く側に立っている。……子規はそんな痩我慢を言う者を非常に憎んだ。

子規は若くして死んだ。その為に俳句を作る事も文章を作る事も意の如く出来なかった。私はその心事を悲しんだ。

子規は数え年三十五歳で歿《な》くなった。私は数え年八十一歳になった。今日でもなお子規を年長者の如く考えて居る。しかし以上は道灌山訣別(?)の一齣をこの八十一歳の私が回顧しつつ、いささか自己弁護をしながら記述したものとお受け取り下すっても結構である。

この文章に書いているように私は一応後継者ということを辞退したとはいうものの、

俳句や文章においては子規の志を継いで今日まで来ておるのである。後継者として子規の束縛を受けることは好まなかったが、しかし子規のある部分の仕事を祖述することはした。天は子規の志を嘉《よみ》しながらこれに年を藉《か》さなかった。私は長生きをして碌々《ろくろく》として今日に来ておる。

子規は私に読書を勧めた。私も読書は余り嫌いという程でもなかったが、この時以来読書ということに執着を感じなくなった。学者となるならばうんと読書すべきであろうが、中途半端の学者よりも無学者を以て居ろうと決心した。

（二十九年四月記）

故郷

柏亭《はくてい》画伯が今度アメリカに行くことになって、その節携えて行く水彩画を工業倶楽部で五月十一、十二の二日展覧することになった。私は丁度十二日、ある所に行った帰路、立子と共に工業倶楽部に立ち寄って、短時間ではあったが、その陳列してある水彩画を一見した。其処へ柏亭夫妻が見えたので菓子をつまみながら暫く話した。その時柏亭君が、

「私はこの間始めて松山に行って見ました。そうして松山の城を描いてみました。それはある人が欲しいとのことでその人に遣ってしまって此処にないのが残念です。」

と言った。

郷里の松山の話が出ると大概城のことになる。市街の中央に聳えている山の上にあるのだから誰でも目につく。旧藩の時代には家中の侍はこの城山を取り囲んで物々しく住

って居た。

私は、明治維新で叩きのめされた侍どもが、その頼みとしていた城に訣《わか》れて四散した時のことを思い起すのである。私の父は政府から涙金として貰った禄券を懐ろにして、城下を三里半離れた田舎に居を移した。其処で百姓になるつもりで自ら鍬をとったが、その頃いずれも青年であった三人の私の兄は、百姓になるのを好まず間もなく松山に舞い戻って来た。八年間鍬を取って倦まなかった父も遂に幼い私を連れて城下に帰った。それが私の八つの年であった。その時私は始めてこの城を見た。

城下に踏《ふ》み止《と》どまっておった人々もその城に対する感じは昔とは異っていた。子供等は椎の実を拾いに城山に登った。老いた父は、謡本を筆写しながら、二ノ丸に出仕して居た日の事、また剣術監として後進の剣術を監督していた日の事を思い出していた。老いた母は、針のめどに漸く糸を通しながら、長州、土州の敵兵が城を囲んで、殿様は常信寺に謹慎し、自分等は何点鐘を合図に何処まで立ち退かねばならぬという布令の出た時の事を思い出して居た。また、長兄仲兄の二人はもう元服をしていたから戦いに加わるであろうが、季兄はまだ子供であったからそれを連れて指定の場所に立ち退き、最後は季兄を刺し殺し自分も自害するつもりであったと云った。私は子供心にも、朝敵であり、敗残者である松山の市民の、その頃知事以下薩長の顕官等の下に屈辱に甘んじているのを不甲斐なく思った。何事か為すであろうことを私は心に誓っていた。

松山市街から、石槌山の高峰は、前の山脈に妨げられて見えない。道後平野を取り囲んでいる四方の山々もたいして秀麗というではない。けれども幼い時から見馴れた山川はなつかしい。この新年にNHKの放送社員が来て、松山放送局の依頼で、二、三分間でいいから松山についての放送をしてくれと言った。私は城東の東野《ひがしの》から石手川堤を隔て、城山、興居《ごご》島を遠望した景を誇らしく話した。

柏亭君に、石手寺には行かなかったか、と聞いた。行かなかったと言った。石手寺は小規模ではあるが美しい建築だと話した。

昔、私の友人の多くは陸海軍の軍人を志した。日清戦争、日露戦争を経て国力が発展するに連れ、松山の人も、もう当年の敗残者ではなくなった。

私は船に乗ることは苦にならない。たいがいな時化《しけ》には堪え得る。欧洲航路の船に乗った時でも、多くの船客が船暈に苦しんでる場合に私は平気であった。私は戯れに平純友の子孫であるから船には強いのであると言った。

春潮や和寇の子孫汝《なれ》とわれ　　虚子

これは私の姪婿である波止浜《はしはま》町長今井五郎の嘱で句碑に認めた句である。

立子も昨年二ケ月許りで南北米の旅をして来た。一万哩以上の空路を飛行機で飛びつづけたのであった。動揺の激しいことが時々あったが何とも感じなかった、と言った。

私は生れた年に松山から三里半の風早に移った。私は八歳までそこに居た。その周囲にある山川草木は私の目に焼き附いた。海上に在る千切《ちき》り、小鹿島、それから鹿島。陸地には恵良《えりょう》、腰折《こしおれ》、高縄、おんご、めんご等の山々、それ等は、皆私の幼な友達である。県道の松並木、そのほとりの部落、電信棒、大川の土橋、大子堂、その傍にある大松。

この松の下に佇めば露のわれ　　虚子

遍路の墓。(今はなし)

道の辺に阿波の遍路の墓あはれ　　虚子

私は帰省するたびに必ず暇を作って一度はこの風早の西《にし》の下《げ》の郷居の跡を訪ねるのである。四軒並んで郷居をして居ったその址は今は全く無い。ただ、麦畑、芋畑が連っているばかりである。(最近家が建ったと云う話を聞いた。)

私はこの前帰郷した時(子規五十年祭の時)も、立子を連れてこの地に車を止めた。立子は言った。別にこの土地を風光明媚だとは思わないが、お父さんと屢々《しばしば》来て居るうちに、今は私までがここの山川に親しみを感ずるようになったと。

この頃は故郷には、ただ遠い親戚と少数の知人が生き残って居るばかりである。帰郷してもそれ等の人と逢うことは稀である。道ゆく人はほとんど知らぬ人だ。あたかも他郷に行ったようだ。それ等の人の目からはまた私を他郷の者と見るであろう。変らぬものは彼《か》の山川とそれに祖先の墳墓のみである。私の生家池内の墳墓は中ノ川の蓮福寺、私の養家高浜の墳墓は玉川町の妙楽寺、また祖父母、父母、三兄夫婦の墓は御築山の共同墓地にある。これ等の墓の清浄は友人波多野晋平君に頼んで居る。郷里に帰るたびに晋平君を先導に三ケ所の墓に詣る。私は鎌倉に住んでおり、長男年尾は芦屋住い、次男池内友次郎は東京住い。これ等の墓をどうしようかという話はときどき親子の間の問題になる。祖先祭は毎年父親の忌日の三月二十五日に叡山で修しておる。墓を叡山に移そうかという議も起る。が、容易に決することが出来ない。最近長兄の墓が傾いておるのを修覆したという通知を晋平君から受けた。

柏亭君とは暫く話した。奥さんは、自分も一緒に亜米利加に行きたいと思って居る、それについては立子さんに伺い度いこともある、と言った。再会を約して別れた。

(二十九年五月記)

上方言葉——松山の方言

図らずも阪東寿三郎夫妻の招きによって明治座で関西歌舞伎役者の「宵庚申《よいごうしん》」を見た。その上方の事を上方言葉で演ずる大阪役者をいつもながら面白いと思った。

由来京都とか大阪とかいう所は、早くから文明の都会であった。それに引き換え東京は江戸といった昔から新開の土地であって、東夷《あずまえびす》の風俗習慣言語動作等を享《う》け継《つ》いでいるので、いくらか粗野なところがある。今では東京語というものが標準語になって幅を利かしておるが、どちらの言語が発達しているか、またどちらの風俗習慣がいいか、そういう点は疑問であると思う。京阪地方の俳人達が写生文を書いているのを見るに、大概東京語で書いている。東京語の味の表われているのは東京生れの極く少数の人の書いた文章である。上方生れの人ならば何故上方言葉で書かないのか。上方言葉なら自由に書ける許りか、東京人の思いもつかん上方言葉の味が出るのである。私は生れ故郷の純粋の松山言葉であれば今でも多少は書けるであろう。もっとも今では松山人の言葉それ自身がよほど東京語に近づいて来ておる。松山生え抜きの松山言葉はもう知る人はほとんどないであろう。田舎の爺さん婆さんといってももう大概私より若い人々である。純粋の松山言葉はそれ等の人よりも私の方がよく知って居るかも知れない。昔、漱石が「坊ちゃん」を書いてその中に、松山言葉が遣ってあったが、それはほとんど松山言葉になっていなかった。私は「ホトトギス」に載せる時分に二、三訂正した。

話が岐路にそれたが、京都大阪の洗煉された上方言葉はいい。それをあずま言葉に較べて柔弱であるとか下品であるとか一概に排斥するのは当を得ていないと思う。

豊太閤や淀君も恐らく上方言葉であったであろう。

私と立子の二人は少し早目に明治座を出てそこに待っていた波奈子さんの自動車に送られて、工業倶楽部に行って石井柏亭画伯の小品展を一見した。

（二十九年五月記）

松山の方言

松山でも今はもう、そう云う言葉を使う人は少くなったであろう。否々もう絶無になってしまったかも知れぬ。が、私の父母や老兄などはこう云う言葉を使っておった事を子供の頃の私はよく耳にした。それは「かんちょうらい」と云う言葉である。

人が気障な、知ったか振りな、軽薄な事を云った時に、

「あの男はかんちょうらいな事を云う」

とか、または

「かんちょうらいな男だ」

とか云うのであった。それはただ「かんちょうらい」と云う響きだけが頭に残って居るので、その字義は分らないのであったが、その後考えて見ると、これは「漢朝来」と云う文字を当《あ》て嵌《はめ》るべきものであろうかと思う。

昔、中国の文華にあこがれて居た儒生達が自分の知識をひけらかして、知ったか振りをする、無学な武士や町人達は、その儒生達の知ったか振りな軽薄な耳学問に飽き足ら

ず思って、

「また漢朝来か」

と指弾した言葉が起源となって、新しい事を自慢気に振り廻し歯の浮くような事を云う者をつかまえて、

「かんちょうらいな男だ」

とか、

「かんちょうらいなことを云う」

とか云うようになったものかと考える。

今日でも議論をする場合などに、従来用い来った古い言葉でも間に合うにかかわらず、新しい翻訳語を使うとか、原語そのままを使うとかすると、大変にその議論が新しくなり、権威ある者のように響く事がある。またマルキシズムと云うような言葉をはじめとして、社会問題、労働問題等を論議する場合には、西洋の新思想が、それ等の学者の名前と共に幅を利かす、と云う傾向が目立って見える。

それ等新旧を争う事になると、直ぐまた後から新しい思想や論議が生れて来るのであって、時としては所謂《いわゆる》、

「かんちょうらい」

と、云う言葉のみが後に残って、実質は他愛もないものになってしまう事があるかも知れない。

また私の父母や老兄などのよく使っておった言葉に、「くうな事を云う」と云う言葉があった。これは今でも云う人があるかも知れぬが、しかしあった所で極く少数であろうと思う。この字義は、

「空な事を云う」

と云うのである事は間違いない。それは「馬鹿な事を云う」「他愛もない事を云う」「取り止めもない事を云う」と云うような意味である。

実地につかない空中楼閣的な事を云うと云う事は、今の世の中にもよくある事である。

（この一節、二十九年十二月記）

私の胸像

丸ビル二階の中央公論画廊に、石井鶴三氏の個展があったが、その中に私の胸像の原型があるのを見て大変心を動かしたという話を東子房《とうしぼう》君がした。

大分前のことであるが、一週間許り板橋の鶴三画伯のアトリエに通ったことを思い出した。始めの日は陶土でずべらんとした顔だけが出来た。日が経つに従ってだんだんと目口鼻が出来て行って遂に私の顔になった。鶴三氏が小さい陶土を附け加えたり、篦《へら》の先で剝ぎ取ったり、そんな事を毎日のようにした。鶴三氏も私も無口の方で、たいした話はしなかったが、ただ鶴三氏は相撲の話を熱心にした。それは見る方ではなくって自分で取る話であった。

その前であったか後であったか、「毎日新聞」で日本八景を募った時分に、私は花巻温泉や高田松原や木曽川等を社から依嘱されたので見に行った。鶴三氏は立山を見に行った。そうして八景の選定に当って氏は立山を推した。一部のものはそれに不賛成であった。氏は断じて譲らなかった。訥々《とつとつ》として主張した。反対の声が起るたびにその主張を繰り返した。遂に立山は八景の中に当選したように思う。

その時分のホトトギス同人が、私の為めに作って呉れたこの鶴三氏作の胸像は、永く調布の家の庭にあったが、その調布の家を友次郎が引払う時分に、深大寺の乞いにまかしてその境内に移した。その胸像の原型が鶴三氏のアトリエに存置されておったのを今度中央公論画廊に陳列されたものと思う。

（二十九年五月記）

追善謡会

五月二十四日北鎌倉の好々亭で、茂木寿恵子さんの一周忌を兼ねて句謡会があった。私は「隅田川」のシテを謡った。ワキは甥の池内たけしが謡った。その他「半蔀《はじとみ》」「満仲」「土蜘《つちぐも》」の三番があった。夫君の茂木剛氏、令嬢の康子さんも見えた。

食事になって、亡き寿恵子さんの懐旧談、素破抜きなどが賑かにあった末に、剛氏ももと三川清氏について謡を習ったことがあるが、清氏があまりやかましいので止めてしまった、ということであった。

私はかねがね謡の師匠、殊に若い師匠はよく叱るということを聞いておる。仮りにも師匠ともなれば厳格に弟子を育てるのはもっともな事である。が、それが果して弟子を薫育する上においていい方法であるかどうかという点に疑問を持って居る。

私が俳句を導くに当っては、先ず人々の長所を認めることを一番にして居る。一点の手掛りになる長所があればその長所を育て上げて行くうちにいつかその人は一かどの俳人になり得る。また、その短所もその長所に覆われてだんだんと消えてなくなって来る。私は四、五十年間俳人を導く上においてその方法を執って来て居る。

それについて思い出すのは、今は故人になっておる田中王城《たなかおうじょう》君が、「先生は弟子を甘やかすからいけない。」と云ったことがある。

それは一時はホトトギスの作家として推した人々が却てホトトギスを離れて行く傾向があることを指摘したのであった。私は黙って答えなかった。

食事がすんでから、康子さんは今までの洋服を脱いで美くしい和服に着かえ、やがて座敷の正面に坐って扇を取り上げた。そうして「花月《かげつ》」の切りを舞った。

（二十九年五月記）

間組

私は今度は子供のお伴をして名古屋に来たのであった。子供等の用事はそれぞれすませて、序でに丸山ダムを見ようと思って、立子、宵子、晴子を伴い、間組《はざまぐみ》の立木《たつぎ》大泉《だいせん》、内本《うちもと》紅蓼《こうりょう》氏の案内の下に名古屋を出て車を木曽川の上流の八百津に駆り、ダムを一見した。そうして昼食を摂る為め蘇水郷に向った。

ダムは木曽川の上流の、左右の岸に山の聳えている地点に在るので、その右岸の山の中腹に板屋作りの工事の事務所があって、其処で事務員は事務を執って居た。それから遥かの谿間に同じく板屋作りの百軒ばかりの小屋が建ち並んでおって、其処が工員の住居になって居るのであった。もう工事はあらかた終了したので、今残って居る人は僅であるそうである。けれども相当な人数はなお残っているのであろう。私等の自動車がその山路をくねり登って行く左右にそれ等の人はちらばっておって、自動車を目送して居た。

原田理事次長はその事についてぼつぼつ話をした中に、こんなことがあった。

「工員等の中にも色々な種類がありまして、農繁期の時分には国へ帰って農業に従事して居る者が、閑になると此処に来て働く者があります。そういう者は働いた金を父母妻子の許へ送る者が多いです。また中には前科者の一団もあります。それ等は世の中に出ると白眼で見られるので山中で暮す方が気楽である。そうしてそれ等にもまた親方があって、それ相当な仁義というものを守ります。が、その親方と喧嘩でもすればすぐ隣の親方の所へ行って働いて居ます。」

その時行手にトラックが来たので狭い道にそれを避けた。話はその間途絶えておったが、それが過ぎ去るとまた続けた。

「給料を貰った時などは背広に着替えて靴をはいて、山を下りて町に遊びに出かけて、三日も四日も帰らぬことがあります。そうして金が無くなればまた帰って来て仕事をするのです。」

原田理事次長のそれ等の話を聞いておる中に蘇水郷についた。そこには小料理屋があった。

木曽川の水は幅広く流れていた。

先刻ダムを一見した時の事が思い出された。始めて其所に着いた時に私等は先ず板葺きの事務所に通された。そこに出て来た人は皆半ズボンに脚絆がけの人であった。その半ズボンに脚絆がけが間組の制服であると言った。この人々はここに一年程の歳月を閲《けみ》し、先刻話しのあったような多くの人を使ってこの大きなダムを完成したのであった。

朝起きて炭焼き小屋を見下して　　虚子

その事務所に起臥している人の生活はそんな有様であろうと想像したのであった。丸ビルの三倍程もある高さのダム壁は両岸の山をはさんで前面に聳えていた。そうしてそのダムの上に出て見ると、湖水のような水が深くたたえていた。

今見て来たそれ等の事を回想しつつ昼食を食った。

ダムを見てこゝに蛍の蘇水郷　　虚子

間組とは昔から俳句の縁があって、楠目《くすめ》橙黄子《とうこうし》、遠藤韮城《えんどうきゅうじょう》、遠入《えんにゅう》たつみ氏等と親しかった。今の社長の神部氏も俳句を作るという話であった。

（二十九年六月記）

太田の渡し

名古屋を出た二台の車は雨の中を長駆して犬山の町に入り、木曽川の鉄橋を渡り、それから右折して行くと間もなく太田という町に出た。「太田」と、私は頭の中でくり返して称えて見た。

私の頭には私の二十一歳のときの事が蘇って来るのであった。明治二十七年五月のことであったが、私は滞在して居た子規の家を出て、中仙道を通って京都の学校に帰ろうと思い徒歩旅行を試みたことがあった。軽井沢までは汽車で行ったが、それからは歩くことにした。軽井沢で見る浅間山は雲の中にあったが、浅間の麓の路を辿っているうちに晴れて来て、御代田の侘しい宿に泊り、また五月雨の降りしきる和田峠、塩尻峠を越えて木曽に入り福島、上松、寝覚床等を過ぎて日を重ねるうち、ある日のこと不図道を迷うて伊勢街道に入り、山中で日が暮れた。どこか泊めてくれる家はないかと捜して見たがなく、草臥《くたび》れて遂に倒れるように道端に野宿したことがあった。ただ着のみ着のままで、菅笠を顔に被せて、とろとろとしたのであった。ふと寒さを覚えて目を開けて見ると、大空には星が光り輝いて夜露がしっとりと体を潤していた。二、三度身震いして起き出でまた歩いて、ある峠に出で、其処の茶屋で朝飯を食い、漸く木曽川に出た。そこに太田の渡しというがあった。取敢えずその渡船場に行って見ると間もなく渡舟が出るというので、年老いた船頭が長い棹を突っ張って待っておった。乗合いは傘さした坊さんと脚絆つけた旅芸者と風呂敷を持った小女と矢立を腰にした丁稚と、蓆《むしろ》着た百姓と、菅笠を着た私の六人であった。船中でどんな話をしたか、どんな事があったか、という事は記憶していないが、兎に角それだけの乗合であったということだけは、その後六十年を経過した今日もなお覚えておる。

今私等の通っておる太田の町は正しくその太田の渡しのあったところである。今は昔の渡し場に鉄橋がかかっているとのことであった。

当時は小説でも書いてみたいという考と、正しい学業の道を踏んで行くという考と、頭の中で闘って居た時代であり、京都の学校を暫くの間休んで子規の許に滞在して居たが、やはり学業をつづけるべく、再び吉田の学窓に帰りつつある処であった。しかし帰って見ると丁度学校は学制改革で解散という事になって、その生徒は各地の高等学校に分れる事になり、私等は仙台の学校に行くことになった。そんな事の為に遂に学校生活を打ち切り徒手で世の中に立つ事になり、みずから好んで荊棘の道を選んだ。しかし自立する事はなかなか困難であったが、漸くにしてある一筋につながり今日に来て居るのであった。

そういう岐路に立ちつつあった時に、私はこの太田の渡しを一人の坊さん、一人の旅芸者、一人の小女、一人の丁稚、一人の百姓と一緒に渡ったのであった。今、私は立子、宵子、晴子の三児を伴って二台の自動車を駆って嚮導《きょうどう》に立つ立木氏、内本氏と共に木曽川上流の丸山ダムを一見すべく北上しつつあるのであった。そうしてこの太田町に出て昔の太田の渡しを回想するのであった。その時通った太田の町がどんな町であったかという記憶はほとんどないが、今通る太田の町はかなり大きな呉服屋などのある町であった。その渡しを渡ってからどの道をどう歩いて来たのであろうかと、今十字路になっておる一つの広い道を顧みた。その道は木曽川にかかっている鉄橋に出る道であった。

（二十九年六月記）

書棚

私は格別書物を整理して並べて置くというでもない。「ホトトギス」の合本すら順序よく並べることをしない。これはしないのでなくって、書架が狭いために出来ないのである。順序よく背革を見せて縦に並べて置くとなると大変な広さを要することになる。またこの年になるまで寄贈された書物だけでも大変な分量になるのである。処が今度、新田が鎌倉に引越して、其処にあった書架が一揃い不用になったので私の所によこし、それを座敷に並べて置いた。そうして其処に「ホトトギス」の合本を順序よく並べて置いた。もうこの合本も古くなって背革は破れているものもだいぶんある。それでも順序よく並べて見ると整然として気もちがよい。並べてしまってのちにつくづく見ると、五十六巻の合本はずらりと並んでいる。明治三十七、八年頃の片手では持てないような部厚なものもあるかと思えば、戦時中の極めて薄いものもあるが、兎に角五十六、七年つづいて来ておるので、かなりな嵩になっているのに今更驚くのであった。

また書架の少し空いている所に「玉藻」の合本を並べる事にした。これは「ホトトギス」に比べると齢の新しい雑誌であるから左程の分量にはならないと思ったが、驚いたことにはこれもまたなかなかの分量になった。戦時中は雑誌の統合があって、「玉藻」は「ホトトギス」に同居して居ったが、それに拘らず二十五年二百八十号という、これも可成な分量であるのに驚いた。

私は「ホトトギス」並に「玉藻」にほとんど毎号筆を執って来た。私は暫くこの本棚を眺めて居た。

（二十九年七月記）

ロシヤの百姓

ツルゲネーフの英訳本が四、五冊あった筈だと思って書架を探して見るが、どうしても見当らない。それはその小説の中にあった一つのことが今に頭にこびりついていて離れないものがあるのであった。何という小説であったか、どんな筋であったかすべて忘れてしまっているので、英訳本が見つかったところで一寸その個所を探し当てることはむずかしかろうが、しかし其処にアンダーラインを引いて置いたことだけはたしかに覚えておる。

一人の百姓が野良で働いておった。気分が悪いので家に帰った。土足のままで床の上に仰向けに寝た。その間一言も発しなかった。そうしてそのまま死んで行った。

こういうことが書いてあったのである。

（二十九年七月記）

刀刃段々壊

ある雑誌の速記士というのが紹介も無く来た。玄関で応接していると、例の「第二芸術論」を持出して意見を聞いた。私は別に答えもしなかった。その記者は不興そうな顔をしてその儘帰って行った。

一時新聞記者に逢うと、必ず「今度の戦争は俳句にどういう影響を与えたか」、「戦後の俳句はどういうふうになるか」、と云う質問を受けた時代があった。私はいつもこう答えた。

「俳句は戦争に影響されません。」

そう答えると、新聞記者は大概怪訝な顔をして私の顔を見つめていた。軈《やが》てそれは軽蔑の色と変じて、気の毒そうに私の顔を見守るのであった。それはたいがい、影響を受けた、その影響は深刻であった、と答えるのが新らしい人の意見であって私の答の如き

は耄《もう》ろく爺の意見としか思われないのであったろう。そうして再び

「戦前と戦後となんにも変りはないのですか。」

と重ねて訊く。私も重ねて、

「変りはありません。」

と答える。

戦時中、戦後、人心の動揺もあり社会の動乱もあったが、それは我が俳句には余り強い影響を及ぼさなかった。そういう処に俳句の長所もありまた短所もあると思う。俳句は時代に影響されるところの少い詩である。

「戦時中」という言葉と、「戦後」という言葉とはインタビューする新聞記者の好んで用いる言葉である。人は沢山死に、国はいったん滅びた。これほど社会にとり国家にとり大きな出来事は無かった筈である。しかしながら吾が花鳥諷詠の天地には格別変りはあり得ない。応召の句はあった。出陣の句もあった。戦場の血なまぐさい句もあった。原爆の句もあった。家を失い父を失い夫を失う句はあった。食物を求めさまよう句はあった。疲労困憊の句はあった。それ等を、影響を受けたものといえば言えないことはない。けれども花鳥風月に変りはないのである。それに托する人の感情は左程深刻にはあ

り得ない。これが他の文芸と異る俳句の特性である。即ち俳句の短所でもあればまた長所でもある。

新聞記者はまたかならず私に「第二芸術論」を持ち出して来るのである。そうして私の意見を聞くのである。

第二芸術でも第三芸術であっても致し方ない。また仮令《たとい》第十芸術であっても致し方がない。俳句の性質は更《か》えることが出来ない。俳句は俳句として存在しているのである。第一芸術と云われた処で俳句の価値が増すのでもなし、第十芸術といわれた処で俳句の価値が減ずるのでもない。俳句は俳句として存在しており、その価値を保っておる。

私は、こう答えたこともあった。しかしたいがいは黙っていた。

この頃は新聞記者の中から「戦時中」「戦後」という言葉はあまり聞かれぬようになった。が、田舎にでも行くとまだときどき聞かれることがある。今雑誌社から頼まれた速記士というのが後《おく》れ走《ば》せに第二芸術論を持出して来た。

しかしこれは新聞雑誌の記者のみを責めるわけには行かないかもしれん。世の中がそうなのである。俳句というものを知らない世の中の人は大概そうなのである。俳句というものを知って居る人でも、その一半の人はやはり同じようなものかもしれん。ただ俳句は花鳥諷詠の詩であるという事に信を持っている人のみが、よく私のいうことを解しているものと思う。

俳句がそういう詩であるということの欠点は充分承知しておる。が、同時にまたそれが長所であるという事も承知して居る。

私は花鳥風月に対して刀刃段々壊の心持である。

（二十九年七月記）

小諸〔朝日新聞社版〕

「夏炉」というパンフレット型の俳句雑誌が来た。これは信州小諸の私の家の留守番をして居る村松紅花《むらまつこうか》君の雑誌である。紅花君とひで夫妻は、私が小諸に疎開して居る時分私の宅で催す句会に出席して居ったのであるが、いつか結ばれて夫婦となったものである。そして留守番として今日まで忠実に家を守ってくれて居るのである。

この小諸の家はもと小山栄一氏の所有であったのであるが、都合に由って私が譲り受けたものである。その一室に大きな炉を切って、その炉開きをした時分に、たまたま高《たか》野素十《のすじゅう》君が来ておって、

大夏炉俳諧の火を燃やすべく　　素十

という句を作ったことがあった。この炉の周りに集った人の中に「虹」の主人公愛子も

あった。

「夏炉」というのはもと他で出ておったのを紅花君が引受けて続刊したもののようではあったが、しかしこの炉と相通うものがあるのであった。小諸という土地にも漸く俳句が熾《さか》んになろうとする時に当って私はその土地を引き揚げねばならぬことになり、

人々に更に紫苑に名残あり　虚子

という句を残して鎌倉の家に移った。紫苑は庭前に咲き広がっていた。

そのうち一度またこの小諸の家を訪ねたことがあったがその後は打ち絶えて訪問もせずに居る。ただ紅花君夫妻は二、三度鎌倉の草庵を訪ねてくれたことがある。

この足掛け四年間の小諸の疎開生活は、私の生涯の中で一時期をなしたものと云ってよい。小諸という土地は浅間山麓の傾斜した地面にある町であって、古い大きな商家が軒を並べておるが、往時の面影は止めぬようである。私が其処に移った当座は家主である小山栄一氏を識って居るばかりであった。一年間許り住まって居るうちに漸く知己も出来た。それは主として俳句を作る人々であった。それ等の人とぼつぼつ交遊がはじまったほかに、東京、名古屋、長野その他の地方の俳人が、慰問旁々《かたがた》訪問し

てくれた。始め私等は馴れぬ土地に移り住んだという多少落ちつかぬところもあったが、しかし当時食物に欠乏している都会人に較べると、家主の小山氏はじめ農村に縁故のある人が多かったために多少ゆとりがあるような感じがした。また、俳句を作る土地の人からはときどき物を恵まれるような事などもあった。住み憂いというような感じはだんだん薄れて来て、止むを得ずではあるけれども戦争の終るまでは此処を安住の地と思い定めるようになった。東京その他都会に分れ住んで居る子供等からは空襲の激しい様子を報じて来て、家を焼かれ他の家に寄寓して居るといって来るものもできて来た。また、爆弾に屋根を貫ら抜かれたけれども幸に消し止めたというものもあった。私はときどき東京に出て止むを得ぬ用事だけを弁じて帰ったが、ある時大岡龍男君から手製であるというラジオを一つ貰い受けて、それを小諸の家に取り附けた。そのラジオが常陸の海岸で艦砲射撃を受けている様子をつぶさに報じて来た。天地が崩れるような響がして悽惨の極であった。停電が幾晩もつづくことがあった。その節にこういう噂が近所に流布しておるという事を聞いた。それは、高浜さんには多くのお客が来るので電気をたくさん使う。そのために会社が送電を停めるのであってわれわれが迷惑する、ということであった。こういう噂を聞くと、小諸という土地もまた住み憂いという感じがせんでもなかった。一度小諸の上空をB29が一機通過したことがあった。それは打ち晴れた日であって、空高く仰いだそのB29は東北より西南の方へ静かに飛んで行った。別に爆弾を落すでもなかった。その時はただ美しく眺めただけであった。恐ろしいものという感じは少しもなかった。が、毎日のようにラジオで爆弾の落ちる物凄い響きは飽くほど聞いた。たまたま東京に出て山王に近い所にあった文学報国会に行っておる時に、空襲があるというので近所の家の地下室に入ったこともあった。また、鎌倉の宅に帰った時分にB29が丁度上空を通過する時で、門を入るや否や暫く防空壕に入ったこともあった。小諸でも一度こういう事があった。高木も小諸に疎開して居たが、ある雪の降る日、男の子二人が赤痢らしいという騒ぎがあった。どうやら母の晴子にも感染したらしいという報せがあった。小諸という土地は前にも云った如く浅間山麓に在る町であるから、医者を呼ぶにしても雪の深い坂道を徒歩で歩かねばならん。漸く栗谷川という医者をたのんだ。丁度その時であった。B29が襲来するという情報が入った。爆弾を投下する音が間近に聞えた。それは上田市を爆撃した時のことであった。余談ではあるが、栗谷川氏はその時が縁故となって桃花と号して俳句を作るようになり、また、桃花会という俳句会がその後誕生するようになった。

戦が終る詔勅がラジオで放送された。私はその詔勅を寝床の上に坐って聞いた。それは私も赤痢類似の病気に罹ってまだ床をはなれることが出来ない時であった。それより前、庭に立って、遠く亙っておるアルプスの連山を眺めた時、戦に負けてこの美《うる》わしい山川はどうなることであろうと考えたことがあった。戦が終ったという詔勅を聞いた時に私は覚えずこんな句が出来た。

敵といふもの今は無し秋の月　虚子

病が癒えてからまた庭に出て飽かずそのアルプスの連山を眺めた。

戦時中も戦後も土地の俳人や他の地方から来た人に擁せられて俳句を作った。また「ホトトギス」もかれがれながら続刊した。そうして戦時中も、戦後も、東京に帰ると新聞や雑誌の記者は私を擁して、戦争の俳句に及ぼした影響、また戦後の俳句は如何になるか、というような質問をした。私は俳句に限ってちっとも変化はない、従来の俳句の道を辿って行く許りであると答えた。記者は皆慊《あきた》らぬ顔をして私を見た。中には憐れむ如き目をして私を見るのもあった。私は文学報国会に赴いて(15)、柳田国男氏や釈迢空氏や年尾、正一郎と共に連句を巻いた。

（二十九年九月記）

書き残して置きたき事二、三

逆修石塔開眼法則

昭和二十八年十月十一日、比叡山横川に虚子塔と題する私の爪髪塔が建って、その逆修石塔開眼法則、という印刷物を延暦寺の法務課から貰った。それにはこういう事が書いてあった。

昭和廿八年十月十一日

逆修石塔開眼法則

延暦寺法務課

式　次

内道場作法　　光明供　如常

石塔前作法

先入場列立

次四智讃

次開眼法　讃ノ間

次表　白

次舎利礼文

次光明真言　此ノ間願主焼香

次後　唄

次挨　拶

次退　場

開眼法

先護身法

次加　持

次洒　浄

次金剛輪陀羅尼印明
次如来拳印明
次仏眼印明
次大日外五古印明
次法施　　十如是
次回向
　造立石塔　功徳威力
　今日願主　除障延寿
次願以此功徳　普及於一切
我等与衆生　皆共成仏道

表　白

先三礼如来唄
慎《ミ》敬《テ》曰《ン》二真言教主理知不
二清浄法身摩訶毘盧遮

那。大悲胎蔵悲生曼荼。金
剛界五解脱輪。西方能化
弥陀種覚。秘密一乗甚深
法門。普賢文珠観音勢至
諸大薩埵。身子目蓮諸声
聞衆。乃至尽虚空界一切、
三宝ニ二而言ク
方ニ今マ

南浮洲大日本国近江州
比叡山北塔横川院ノ界内ニ
於テ信心ノ願主高浜虚子　逆《アラカジメ》
卜シ二墳墓ノ地ヲ一新タニ立テ三石ノ宝塔ヲ一設ケ二
開眼供養ノ之儀則ヲ一令ムレ誦セ二不
空羂索大灌頂光明真言ノ
之神呪ヲ一

其ノ旨趣如何トナレバ　夫シ
幻化ノ境界ハ不レ免レ二転変ヲ一
泡沫ノ五陰ハ終ニ是レ無常ナリ
是ノ故ニ
仰デ二金口ノ誠言ヲ一
貯ハフ二当来ノ資糧ヲ一
可シレ謂ツ
百歳以前是レ不レ怠ラ
百年以後必ズ浄土ナラン
恭シク惟ミルニ
光明真言者トハ
清浄蓮華ノ令ルノ二抜苦与楽セ一之
秘法。
毘盧遮那救フノ二貴賤郡類ヲ一之
密言ナリ

依テレ之ニ
此ノ密呪纔カニ持誦スレバ　五仏摂取ノ
光明普ク照シ触法験不レ可ラレ疑フ
　測リ知ヌ
信心白善ノ願主虚子
現世ニハ　遊ビテ二諸難消除之園ニ一
　　保二持シ天寿ヲ一
当来ニハ　登リテ二万徳円満ノ之台ニ一
　　遊二化センコトヲ　法界ニ一
乃至法界平等普潤
　　已上

昭和廿八年十月吉日

更に次の事が書添えてあった。

逆修のこと

逆《あらかじ》め吾死後の仏寺を修することで又予修ともいふ。灌頂随願往生十力浄土経に

四輩ノ男女能ク解シ二法戒ヲ一知二身如幻ヲ一精勤修習シ行シ二菩提ノ道一未ダレ終ラ之時逆メ修シ二三七一燃シレ燈続レ明懸二絵幡蓋ヲ一請二召メ衆僧ヲ一転二誦尊経ヲ一修セバ二諸ノ福業一得レ福多キヤ否ヤ　仏言ク　普広　其福無量不レ可二度量ス一随テ二心ノ所願ニ一獲二其ノ果実ヲ一

光明真言のこと

真言とは陀羅尼のことにて、此の真言を誦すれば仏の光明を得て、諸の罪報を除けば光明真言といふ。不空羂索毘盧遮那仏大灌頂光真言経に出で、経には

身壊命終堕センニ二諸ノ悪道ニ一以テ三此ノ真言加二持スルコト　土砂ヲ一一百八遍尸陀林ノ中散シ二亡者ノ死骸ノ上ニ一乃至神通威力加二持沙土ヲ一之力応レ時ニ即チ得二光明及ブヲレ身除二諸ノ罪報ヲ一捨テ二所苦ノ身ヲ一往二生於西方安楽国土ニ一

又息災法に之を用ふ。明とは真言、煩悩は闇我及び病者魔畜等に光明を蒙らしむれば闇を除くが故に病災等を除き去る。

この石塔は叡山の僧達が建ててくれたもので、噂だけは聞いておったが、知らぬ間に事が運んで、昭和二十八年の十一月にちゃんと出来上っていて、その開眼式をやるとの

ことで私は叡山に登った。座主はじめ衆僧が綺羅びやかな法衣を纏うて横川の杉木立の中に祭壇を設け、厳かに開眼供養をしてくれた。私も指し招かれたので香を三捻し、自分の石塔を自分で拝んだ。即ちそれが逆修ということになるのであろう。その時参集した百余人の人も皆俳句の友であったが、この人々も交る交る拝んだ。これが記録して置き度いと思う事の一つ。

俳句綴り

今一つ記録して置きたいと思う事は、ある日突然長唄研精会の人々（山田《やまだ》抄太郎《しょうたろう》、吉《よし》住小《ずみこ》太郎《たろう》、稀音家《きねや》六四郎《ろくしろう》、吉住小《よしずみこ》鉱次《こうじ》）が訪ねて来た。研精会の為に歌詞を作って貰いたい、という事であった。私は長唄というものには知識がないので断ったが、何でもいいから書いて見て呉れ、という話であった。そこで書いて見たのが「俳句綴り[16]」というものであった。従来の長唄には無い形のものであるから、作曲された吉住小太郎、稀音家六四郎両君の苦心も察せられた。その四百三十回長唄研精会の日（昭和二十八年九月十二日）に私も招かれて聞きに行った。その文句は左の通りのものである。

老いぬれば。寝ても覚めても。短夜や夢も現《うつつ》も同しこと。或る時は。酌婦来る灯取虫より汚なきが。灯虫がばら〳〵落ちて。ちやぶ台に盃洗の水が。水の流れの浮きふし。又或る時は。八ツ口に懐手せる女かな。冷たき手出して。男に其手取らせて。捨てられても。恨む気はさらにあらずよ冷たき手。又或る時は。田植女の赤い襷にちよと惚れた。惚れて二人が。朧夜の伊達に灯しぬ小提灯。それが何時しか貴船の宮に。稲妻をふみて跣足の女かな。年はとるまじ。若きがよし。歌留多とるみな美しく負けまじく。春着の妓《こ》右の袂に左の手。又或る時は。衣冠束帯のまゝ。垣間見る好色者《すきもの》に草芳ばしき。園の戸に花見車のしのび寄る。又或る時は。清き山川に。誰見る者もなければ。恥づるところもなく肌を脱いで。流れにひたす黒髪。山川に一人髪洗ふ神ぞ知る。神ぞ知る。人は知らじ。又或る時は。仮りに着る女の羽織玉子酒。内には玉子酒。外には別の男。妹《いも》が戸に流るゝ露やしまりたる。叩けども答なし。又或る時は。狐火の出てゐる宿の女かな。その宿の女が狐ではないか。焼芋がこぼれて田舎源氏かな。炬燵の上の本。光氏の顔にも。紫の顔にも。焼芋がこぼれて。そのまゝ眠つた。覚めた。夢か現か。短夜や夢も現も同しこと。

子規の最初の手紙

今一つは、正岡子規の手紙であって、しかも明治二十四年五月二十八日、始めて子規に貰った手紙である。「子規書翰集」にはどうしたものかこの冒頭の文句が欠けてない。この書翰も紛失して今はない。ただ子規の筆蹟を集めた写真帖の中に載っているので、それを所存している豊田宗作君に写して送って貰った。

御手紙拝見、愈《いよいよ》御多祥欣賀の至りに候。小生未だ拝顔を得ず候へども、賢兄池内氏の第四郎にして、しかも河東氏の親友といふ、既に相識の感有之候。河東氏の談によるに、賢兄近来文学上の嗜好をまされたるもの丶如し。聞く、賢兄郷校に在て常に首位を占むと。僕輩頑生真に健羨《けんせん》に堪へず。請ふ国家の為に有用の人となり給へ、かまへて無用の人となり給ふな。法律なり経済なり政治なり医学なり悉《ことごと》く名人学者の来るをまつものならざるはなし。然れども真成の文学者また多少の必要なきにあらず。僕生来疎慵《そよう》、世事に堪へず。妄《みだ》りに戯文家を以て我任となす。固より大方の嗤笑《ししょう》を免れずといへども、また如何ともなす能《あた》はざる也。賢兄僕を千里の外に友とせんといふ。僕豈《あに》好友を得るを喜ばざらんや。併し天下有用の学に至ては僕の知らざる所。賢兄の望をみたすに足らざるは勿論也。若し文学上の交際を以て僕を教へんとならば謹て誨を受けん。右御返事まで。匆々不具。

五月二十八日　　正岡常規

高浜賢兄

玉詠拝見致し度候。僕和歌を知らずといへども、時として君の一粲《いっさん》を博する事アルベシ。

大桜の句

大麻唯男《おおあさただお》氏は近年まで鎌倉の近所に住んでいた。そうして先ず吉屋信子《よしやのぶこ》、星野立子などと知り合いであった。ふとした事から私とも知り合いになった。戦後追放されていた時は暇があった為めか、私の宅に見えて、老妻を相手にして談笑して帰られることも多かった。演説は聞いた事が無いが、座談はうまい。追放が解けて政界に帰り咲いてから暫く逢わなかったが、近来また二、三回見えた。そうして郷里の熊本の玉名郡に大麻文化会館を建てることを話した。そうしてそれについての私の辞をもとめられた。私は次のようなものを書いた。

大麻さんは政治家であるから一俳人である私とは違っている。それでいて、交りが浅いに拘らず、どことなく通ずるものがある。大麻さんはあれでいて淋しがり家である。心の底には常に涙を蔵しておる。今度の大麻文化会館が出来ることになったのも、この淋しがり家、涙もろさがさせたことであろう。

一滴の男の涙大桜　虚子

昭和二十九年三月二十一日

高浜虚子

(二十九年九月記)

絵巻物

絵巻物

比叡、高野の旅を終って帰った後に、立子に宛てた京極昭子さんの手紙にこうあった。

「比叡、高野の御旅、お疲れの御事と存じ上げます。でも虚子先生御はじめ皆々様、お元気の御様子、何よりとうれしく存じました。杞陽事、いつもながら終始御家族様と同じ様な御相伴に預り、誠に恐縮いたしております。御土産話をききながら、虚子先生の「短夜」の御句など、しみじみ味わせて頂いております。

御旅の数日がそのまま絵巻ものの様でございますね。」

今度の旅が絵巻物であるか、七十九翁の旅行雑記であるか、それは何れにしても、私はこの昭子さんの手紙によって「絵巻物」という表題にした。この前の「椿子物語」という名前も

行く春の卓に椿子物語　昭子

から取った先例に倣ったのである。

堅田夜話

はじめに頭に浮ぶものは、近江の堅田の琵琶湖に望んだ余花朗《よかろう》邸の応接間である。其処には一台のテープレコーダーが置いてあって、私等が話している事がすぐそのままに記録されて行くのである。

明日は比叡山上の大講堂で、祖先祭が行われる事になっている。其処で叡山に関係した私の話が主になった。

私は今から六十年前十九歳の時に、始めて郷里を出で笈を負うて京都に遊んだのであった。ポッンと京都の土地に立った時分に、一番に目に入った山が比叡山であった。それからは明け暮れ比叡山が私の目に在った。二年足らず学んでいる中に学校が解散になって、仙台に移ったが、その後も京都に来る度に叡山は常に目に在った。

ある時、京都に来ておった私は、数人の俳人と共に鞍馬山に登って火祭を見て、それから大原に下り、更に仰木越を通って叡山に登り、日が暮れてしまった。その時、淋しい仏堂のあるところに出た。そこが横川《よかわ》であった。横川中堂の常夜灯の灯って居るのが目に入った時は非常に力強いものに眺められた。けれども人気は更に感ぜられなかった。それから木の間の月を頼りに五十町の尾根道を通って、東塔の弁慶水のほとりに出た時には蘇生の思いがした。横川中堂の常夜灯以来はじめて灯火の光に出逢ったのは、坊さん達の学んでいる学寮の灯であった。その夜は宿院に泊めてもらった。それが叡山に登ったはじめであった。

それから後、叡山に登った事は数度あったのであるが、その中で一つ最も頭に残って居るのは、明治四十年、私の三十四歳の時、私はある文章をある新聞社に頼まれて、叡山を志して来た事があった。始めは東塔の宿院に滞在して居ったが、今度は五十町の山道を逆に横川に出て、横川中堂の政所《まんどころ》に十日許り泊めてもらった。その時分、その政所には一人の若い僧が居た。その僧はただ一人その政所に起臥していて、明暮中堂に通って勤行をして居たのであった。三度の食事は元三大師堂《がんざんだいしどう》から運んで来るのであった。茶碗や箸を洗ったり、部屋の拭き掃除をする事はその僧が自分でしていた。私はその僧の食べるものと同じものを食べ、僧のする通り茶碗や箸を洗ったり、拭き掃除を手伝ったりした。そんな事をして、十日ばかりも過していたが、其処へ突然私を訪ねて来る者があった。それは京都の宿に泊っていた斎藤知白《さいとうちはく》であった。私が此処に居る事を知って来たのであった。

これが「風流懺法《ふうりゅうせんぽう》」を書く動機となったのであった。その僧というのは数年前に亡くなった渋谷慈鎧《しぶやじがい》前座主の若い時のことであった。

それから慈鎧師とは親しい間柄となって、真如堂の住職となった時も、毘沙門堂の住職となった時も、音信を取り交し、叡山の座主となってからも、一度鎌倉に来てくれた事があるし、また上野の寛永寺に居った時分にこちらから訪ねた事もあった。それからいつか、横川の中堂が焼けたという事を聞いた時に私は延暦寺に行って、あのなつかしい横川中堂が雷火の為に焼けたという事は、まことに淋しく感ずる所である。再建の時もあらば、と言って瓦一枚を寄進した。それから私の生家池内家と、養家高浜家と両方の祖先祭をしてもらう事を頼んで慈鎧師は両三度自ら導師となって法事を行ってくれた。また、そののちに母の五十年忌も延暦寺で行ってもらったが、その時には慈鎧師はもう亡くなって居た。

この堅田のうしろに峙《そばだ》っている比叡山と私とはそういう関係があるのである、という事をとびとびに話した。一緒に連立って行った、立子や宵子などの声も交り、また其処に居た杞陽、東子房君等の声も交り、主人の余花朗君その他、其処に集っている堅田の俳人諸君の声も交って、テープは私の話を仔細に記録しつつあったのであった。それは四十分間続いた。外には雨が降っていた。夜も大分更けた。其処の玻璃窓には五月だというのに、もう湖から来るうすばかげろうやその他の灯虫が沢山に居た。二、三匹のうすばかげろうは電燈を打ってはテーブルの上に落ちた。これを「堅田夜話」と杞陽君は言った。

余花朗君夫妻は何くれと心をくばってくれて私等父子を歓待してくれた。

長男の給仕可愛や鮒鱠　虚子

祖先祭

坂本からのケーブルで比叡山上に下ろされて、私はそこから駕に乗せられたり、手を引かれたりして法要の席である比叡山上の大講堂の暗い中に運ばれた。

講堂では中山現座主が導師となり九人の僧侶によって四智讃が読上げられ、錫杖三段が行われ、それより回向、偈《げ》が唱えられた。

祖先といっても私の眼に浮ぶのは、父、母、兄達、嫂達、それに幽かな記憶の祖母位のものである。また三歳で死んだ私の娘の六《ろく》もある。それ等の人はもう夙《と》くに大空の銀河の中に没し去ってしまっているのである。

西方の浄土は銀河落つるところ　虚子

しかしあるいはまた、何処かに何等かの形で存在していて、母の如きは

「危ない危ない。そんなことをしては危ない。そちらへ行っては危ない。」
と相変らず気を揉んで、しょっちゅう私を導いていてくれているのかもしれない。
大講堂の長押に描かれている極彩色の天女を見ておると父や母やはその天女に交って、そこに悠遊しているようにも見える。高浜のあととり年尾、池内の当主友次郎の兄弟をはじめ立子、宵子等は皆焼香をする。その香煙はその極彩色の天女のあたりを立罩《たちこ》める。

父母も今遊楽や法の花　虚子

大講堂の法要の儀式が済んだので今まで暗い中にいたのが眩しいような明るい外面に出てみると、私の前に立っておる二人の婦人があった。一人は竹の杖をついている安積とし子さんで、その後に立っているのは娘さんの叡子さんであった。この母娘は、はるばる但馬の和田山から来て、今やっと此処に著《つ》いたばかりであった。

ある年の夏、眠れぬままに夜中に起き、大空に明るくかかっている銀河、その銀河は東の空より西の空にだんだんと移って行きつつある銀河を眺めて、時をすごしたことがあった。その時前に掲げた

西方の浄土は銀河落つるところ　虚子

その句と共にこういう句も出来た。

虚子ひとり銀河と共に西へ行く　虚子

私が銀河の中に吸い寄せられて、ちいさいちいさい一分子となって無限の空際を西へ西へと行っているような心もちがしたのであった。

駕

宿院の俳句会は三百人ばかりの人数であって、近江の側の俳人と京都の側の俳人が半ばしておった。遠く東京から、また関ケ原、宇治、堺、豊岡、和田山、峯山等から見えた人もあった。知っている人もあり知らぬ人もあった。

翌朝は横川へ行くことになり四挺の駕が用意されておった。駕にはそれぞれ二人の駕《かご》舁《かき》が附いていた。その一挺には三十余人の人々の手荷物が積まれた。私はきのうの駕舁がいるのかしらんと見廻してみたが、居なかったので、どの駕でも良いのだろうと思って、一つの駕に乗った。その傍に立って居た二人の駕舁はすぐに肩を入れて歩き出した。他の一挺には、老人で殊に病後である丹波峯山の吉村千代さんを勧めて乗せた。また他の一挺には代る代る女が乗る事になって、確か始めに立子が乗った。その他の人は皆あとになり先になり、駕を取り囲んで歩いた。

阿弥陀堂の前で駕を下りた。此処でとし子さんが別れて帰ることになった。

とし子さんは昨日大書院で三十余人の人々と共に食事を終えた後、暫く叡子さん等と共に私の部屋に来て話した。そうして自分一人は明朝帰ることにするが、叡子は高野山の方にも連れて行ってもらい度いとの事であった。今朝は阿弥陀堂まで人々と一緒であったが、そこから八瀬口のケーブルの方に下りて行くとのことであって、昨日突いておった竹の杖を突いて行くその後姿を私は見送った。今度母娘ではるばる和田山から出掛けて来た事は、叡子さんの結婚談もあるのについてその挨拶の意味であったのであろう。

また駕に乗って暫く行ったが、今度は伝教大師の御廟の前に出て、其処でまた駕を下りた。

あのくだら三みやく三ぼだいの仏達
　わが立つ杣に冥加あらせ給へ

これは桓武天皇の延暦還都と共に堂塔伽藍をこの叡山にうちたて天台宗の礎を定めた時の伝教大師の歌である。その伝教大師がその後千余年静かに眠っている浄土院というのは此処である。ここにはその廟を守って朝夕清掃を怠らない、二、三十年山を下らない、所謂籠山の行者がいた。清掃されたその廟の前には、静かに一縷の香煙が立っていた。

尾根伝いに行く五十町の山道はかなり長かった。

山駕に顔うつ楉《しもと》ほとゝぎす　虚子

またある時は駕を下りても見た。一人静二人静の咲き残っているのを摘んで興がっている人もあった。玉体杉の下に佇んで暫く憩んだ。

横川中堂の焼跡を過ぎ、恵心堂に詣でてから、元三大師堂で昼飯をとりそのあとで小句会を開いた。

元三大師堂を出て暫く行くと、だらだら下りになっている処に一つの寺があった。其処は日蓮の修業した跡であるとのことであった。駕を下りて入ってみると障子の閉っておる小さい建物のうちはひっそりとして物音も聞えなかった。庭に入ってみると大きな日蓮の銅像が突立っていた。裏は谿になっていて、そこには一筋の滝がかかっていた。私は其処に佇んで子規の事を思い出していた。子規は日蓮が好きであった。その日蓮がこの叡山で修行をし、新しく一つの宗派を開こうとしたが、既に禅宗とか、浄土宗とか真宗とか、皆日蓮より前にこの叡山に学んだ僧が、各々一宗を創めているのであって、その上更に宗派を創める為めには勢い他の既成宗派を攻撃せねばならぬ立場にあった。それで「念仏無間禅天魔」という様な標語を使って他の宗派を罵倒し、南無妙法蓮華経という勢いのよい題目を唱え、団扇太鼓の音も殺気を帯びていた。子規はこの日蓮が気に入っていた。その日蓮が修行をしたところが此処であった。

その時不図私のそばに立って居る人を振返って見ると、それは叡子さんであった。叡子さんはただ黙って突立っていた。

私は叡子さんと連立って表に出た。そこには宵子が駕に乗ったままいた。いつの間にか立子と代っていたものと見えた。私はまた駕に乗って先へ進んだ。

あとになって杞陽君は、その時叡子さんは目に涙をいっぱい溜めておったと私に話した。

ある時話の序でに、

「叡子さんという名前は珍しい名前ですが、お父さんがおつけになったのですか。」

と聞いてみた。叡子さんは、

「父が叡山が好きだもんですからそれで附けたそうです。」

と答えた。

「幼い時分に父と一緒に一、二度叡山に登った事もありました。」

と叡子さんは附け加えて言った。

仰木越を下りる時分になって、私の駕は飛ぶ様に早かった。屈強の駕舁の肩は駕の棒を辛うじて支え、勾配の急な坂を下りて行く時には駕の底は岩角に当った。雨がぽつぽつ降って来た。

私の駕が真っ先に下りた。かなり繁くなって来た雨の中を、私は其処に待っていた自動車に乗り換えた。千代さんの駕が続いて下りて来た。そして今度は秋琴女さんを乗せた駕が下りて来た。立子や宵子や叡子さんやひさ子さんや滋子さんや春女さんやその他の人は濡れながら下りて来た。

仰木村の俳人諸君に見送られながら、一同はバスと自動車に分乗した。

駕舁の一人は棒の尖に駕を突差すように背負った。他の一人は手ぶらでそのあとについて帰った。そんな四組が自動車の中から眺められた。

墓

話がもとに戻るが、叡山の宿院の俳句会が済んで表に出た時、其処に三人の女の人が立っていた。それは皆山城の宇治から来た人であった。その中に兼ねて手紙を寄越していた宮林和子さんがいた。

「今度叡山である俳句会に参会し度いと思っております。その時お目にかかれたらと念じております。」

そう言って来ておったのである。それで私も待設けていたのであったが、その時はただ挨拶をした許りで別れた。

鎌倉へ帰ってのち、その和子さんからまた手紙が来た。その中にこういう事が書いてあった。

私はある人と五年を経た今日漸く婚約が出来まして、本日結納を済ませました。その五年間その人は不幸な結婚生活に苦しみ、私もまた種々の苦しみを経験しました。

という事が書いてあった。そうしてまたその間の苦しみを堪え得たのは俳句のおかげであったと書いてあった。それからまた

五月の佳き日、叡山の横川道で、その四、五日前お越しになった先生の御跡を偲

びつつ二人で将来を話し合いました。

とこういう事も書いてあった。

私は横川中堂の焼跡を弔い頽廃しておる政所を訪ねた事によって、私が横川に来た目的は大半達した事になるのであったが、その他にもう一つ目的があるのであった。それは私の墓を横川に建ててやろうという福吉執行《しゅぎょう》を始めこの叡山の坊さん達の好意で、その場所を私が選定する事になっていたのであった。私は駕を下りたままで中堂の焼跡から恵心堂へ行く坂道を歩いた。そうしてその坂道の右手の木立の中に私の墓の場所を選む事になった。私は昔からこの道が好きであった。

和子さんがその良人たるべき人と将来を話し合ったという横川道というのは、どの辺であったろうか。それは中堂の焼跡から恵心堂へゆく、私が徒歩で歩いた、私の昔から好きであった、その坂道ででもあったろうか。そこには私の墓は未だ建たぬのであるが、それでも私の墓所と極ってみると既に何か私の生身魂《いきみたま》という様なものがあって、秘かに二人の将来を祝福し祈念していたかも知れなかった。

東《とう》は修羅西《さい》は都に近ければ
　横川の奥ぞ住みよかりける

私はこの元三大師《がんざんだいし》の歌が好きで、同時に横川も好きである。坊さん達の此処に私の墓を建ててやるという好意を嬉しく受取った。

若沙、坤者の両君は一行の後を追うて此処で追付いた。

墨の衣を著《き》、白い脚絆を締め、股立《ももだち》をとり、昔の僧兵を思わしめる様な恰好をした三人の僧――赤松、森定、梅山――それに大師堂の渡辺師、それらの僧達はある別れ道の所に来て、そこで見送ってくれた。三人の僧はこれからまた五十町の尾根道を辿って東塔の方に引返すとの事であった。立子に句があった。

御僧等別れ惜しやな百千鳥　　立子

勾当内侍

横川を下りてからまた、余花朗邸に一泊した。その翌朝邸の裏からすぐ舟に乗って湖上に浮んだ。これは主として新田宵子を湖畔にある勾当内侍《こうとうのないし》の墓に案内するためであった。が、時間の都合で内侍の墓のある森や鳥居を湖上より遥拝しただけでその舟は引返した。

堅田の町長の中正一彦氏もその船に同乗しておった。浮見堂附近に建てるという句碑の句。

湖も此辺にして鳥渡る　虚子

美人手を貸せば

この頃、松尾いはほさんの健康が良くないそうだ、という噂が私の耳に這入っていた。しかしどんな風に悪いのかその病状が判らなかった。中にはある人が見舞ったが碌に話も出来ず帰って来たという人もあるし、また、あの好きであったビールもこの頃は少しも飲めない、という風に伝える人もあった。今度、私が叡山に登る序《つい》でに自然京都にも立寄る事になるから、その病床を見舞う事にしようと考えておった。

田中王城が生きていた時分は私が京都に行くと常に王城が側におって、京都の地理の明るい、それは京都で生れ京都で育った本当の京都っ子である王城はいつも先きに立って案内して呉れたのである。それが、王城が亡くなって後はいはほさんが代ってよく案内して呉れた。西山の寺々、巨椋《おぐら》ノ池《いけ》、岩倉の実相寺等にも案内して呉れた。また祇園で一時嬌名の高かったひろ子、初子を始め幾多の美妓を紹介したのもいはほさんであった。

いつもビールの杯を挙げてそれを一気に飲み干すのを得意としていた。そのいはほさんがこの頃頓《とみ》に衰えているという事を聞くのは洵《まこと》に傷ましい心持がした。

堅田の余花朗邸を引揚げてから逢坂山の月心寺に立ち寄り、鹿ケ谷桜谷の、故ミュラー初子邸にその母堂を訪い、それから枳殻邸《きこくてい》に著《つ》いたのは午後の二時頃でもあったろうか。

この枳殻邸はもと大谷派本願寺の別邸であった。枳殻邸に来るのは久し振りである。句仏《くぶつ》法主生存中は二、三度来た事があった。来てみると昔の記憶が蘇って来る。以前くぐった事のある大きな門は矢張り昔の通りである。ただその時分の私はまだ若かったが、今は立子や宵子等に手を取られて、老いた脚を砂利の敷いてあるその広い境内に運んで行くのであった。もう人は集っているらしかったが、その時逸早く私の目の前に現われたのはいはほさんであった。その側には奥さんがついておられた。

想像していた程に衰えておるとも思えなかったが、少し足許が危なっかしいように見えた。

「まあ、いい方です。」

という事であった。

「ビールもコップに一杯くらいは飲みます。」

とも言った。病状は心臓が悪いとの事であった。しかし、私が怖れていた程ではなく、まああこれ位なら、と思った。

私は集っている多くの諸君に挨拶をした。見ると少し会わぬ間に、諸君も皆相当に年を取った事を感じた。私は座敷には上らずに縁に腰かけたままであった。いはほさんは矢張り私の側にいた。やや荒るるに任された広い庭の景色が、常に私の目の前にあった。池を囲んでいる茂りの中に櫻の花が目を離れなかった。一方に枯れた大木があるのは、名木伽羅《かなめ》の木であった。

目立たざる櫻の花を眺めかな　　虚子

伽羅は枯れ諸木は茂りたるまゝに　　同

少しく庭を散歩してみようと思って人に離れて歩いてみたが格別興味も無かったので、すぐ引っ返した。もとの所に戻るとやはりいはほさんは側に居た。それからいはほさんとの間にはこんな話が取り交された。

いはほさんは言った。

「私は兎角老人扱いをされるのが不愉快で、まだそんなに老いぼれたとは思わないのに、人について来られたりすると、振り切り度い様な気が起るのです。どうしたものでしょう。一つ老人学を先生に教わり度いと思うのですが。」

その側には奥さんが居られた。奥さんの何かと気を配られるのが気に入らぬと想像された。

「私も始めはそんな心持がしておりましたが、だんだんそうもいかなくなりました。殊に手を曳いて貰わないでいて二、三度転んだ事があります。そうして転ぶと子供の様になかなか起き上れなかった事もあります。この頃はもう我慢も言わずに、人がついていればそれもよし、人がついていなければそれもよし、とすべてあなた任せにしています。いはほさんは私より若いのだけれども、もう古稀を過ぎていらっしゃるのだから我慢は言わずに、人の言う事を聞く様になさい。」

「そうですか。謹んで老人学を教わりました。」

出句は即景三句であったので、私は前の二句に

美人手をかせばひかれて老涼し　　虚子

という句を一句加えて出して置いた。互選の披講を聞いておると、「美人手を」の句が多くの人の選に入っていた。いはほさんも採っていた。

京都大学医学部の松尾内科の教授であった松尾いはほ博士は、学者らしく私に「老人学を教わる」と言ったが、私はこの句で簡単に老人学を教えた事になるのであったろうか。

その後いはほさんはこんな事を何かに書いていた。

美人手をかせばひかれて老涼し　　虚子

という美人とは誰の事ですか、と杞陽君等は先生に問い詰めたが、先生は

「あれはいはほさんに言ったのですよ。」

と言ってとうとう泥を吐かなかった。

この会が日暮れになって解散する少し前に、叡子さんは席上の美穂女さんをたずねて来た。それは今宵私等父娘が泊めてもらう事になっておる室町の藤井葭人君の家に、杞陽、香葎、松彩子、美穂女、叡子の五人も招かれておったので叡子さんは美穂女さんを誘いに此処へ寄ったのであった。そうして会が解散になって一同が砂利を踏んで広い路の門の方に進んでいた時分に、その時は誰にも手をひかれずに私は歩いていたが、私の側にいた叡子さんは手を出して私の手を執った。私はそのままにひかれて門の方へ進んだ。

その夜の藤井のまどいで杞陽君や葭人君は私に、美人手を貸せば、という美人は誰を言ったのですかと問うたのであった。そうして私は、あの句はいはほさんに言ったのですよ、と答えたのであった。

が、その時以来、大阪に行く電車の乗り降り、難波の停車場の人混みの中、高野山などでも、叡子さんはよく私の手を執って呉れる事になった。いつも私の手を執る事になっている立子や宵子も

「叡子さん、頼みますよ。」

と言って大概叡子さんに任していた。——手を執るのに慣れない人は、力を入れてぐっと手を引き上げるので、私は巡査に摑まっている様に、その人に吊し上げられて歩かねばならぬ。叡子さんは慣れていて、軽々手を貸していて、つまずきでもした時には力を入れる。これは長年盲素顔君を介抱していた経験から来たものと思われる。

高野山で三、四百人の句会を済ませた夜の事であった。私は早く床に入って寝たのであったが、私と共に金剛峯寺に残っていた多くの人はまた一ト間に集って小句会を開いた。その時雑談の中で奈良鹿郎《ならしかろう》君がこんな事を言ったと、その後宵子が私に話した。

「虚子先生は叡子さんに手を曳かれてあれで結構楽しんでいるんだよ。あれはそのままにして置くが良い。先生結構楽しんでいるんだから」

とそういう事を言ったという話を宵子がした。鹿郎君も六十五になったろうか。

鹿郎君はまた帰りの南海電車の中で、私と離れて腰かけていた叡子さんを引き立てて私の側に坐らせた。そうして

「叡子さんは此処に坐ってらっしゃい。」

とそう言って自分は向うの方へ行った。

大阪の停車場には鹿郎君も見送りの中にあった。そうして叡子さんも杞陽君等と共に矢張り見送りの中にあった。私の汽車に乗る時分に混雑の中から叡子さんは素早く私の側に来て座席まで連れて行って呉れた。そうして別辞を陳べた。私は叡子さんの仕合せを祈った。鹿郎君は汽車が発車する間際に叡子さんの両肩を摑まえ多くの見送人の前に押し出した。叡子さんはつつましやかに頭を下げていた。

（中　略）

高　野

高野山の上は叡山の上と違って商家が軒を並べて、何を求めるのにも不自由がなくパチンコ屋もあるという話であった。その町を私は自動車に乗って奥の院へ行った。奥の院は弘法大師が入寂した所であって、叡山の伝教大師の廟とは違って、その前の大きな香盤には絶えず香煙が渦巻いており、参詣人も絶えなかった。

柏翠《はくすい》の導くままにここに分骨してある愛子の墓に詣り、慈童師の地蔵院を過ぎり、一旦金剛峯寺に帰り、間もなく白象師の普賢院を訪ねた。この普賢院には中兄の位牌があるので、回向をして貰った。

普賢院を辞去してから一行の多くの人々はこれから大門に行くと言って道を其方へ取った。立子も宵子も叡子さんも皆其方へ行った。いはほさんも其方へ行った。奥さんに手を執られて一行のあとについて行っているのが目に留った。私が金剛峯寺に帰っているると間もなくいはほさんは奥さんと一緒に帰って来た。

「皆が大門の方へ行くのは私には無理だから止せと言ったので中途から引返して来た。」

と言っていた。淋しそうであった。

「弘法大師は幾つで亡くなられたのですか。」

と聞いてみた。その時側に居た慈童師は

「六十二でした。」

と答えた。私は心の中で随分若死であったなと思った。

その日の俳句会に私は

若死の六十二とや春惜しむ　　虚子

という句を作って出句して置いた。その翌朝であったか慈童師は紙を展《の》べて私に揮毫をせよと言った。そうしてこの句を書けと言った。

あとにてしらべたところによると伝教大師はもっと若死で、五十六で示寂《じじゃく》しておる。

奥之院前の句牌。

炎天の空美しや高野山　　虚子

（中　略）

大和屋

坤者君の招きによって、大阪の茶臼山の阪口楼に私、立子、宵子それに杞陽君が一宿する事になった。年尾、若沙、鯨波、一天も其処の晩餐の席上にあった。その晩餐の席上「これから一寸精進落をして来ましょう。」と坤者君が言った。叡山、高野山と精進の旅が続いたから、これから大和屋に行ってみようというのであった。

大和屋のことはかねておはんから聞いていた。おはんは小さい時分から大和屋で育った芸子であった。その後東京に移って来てもう三十年余りになる。おはんが山会で読んだ文章に「大和屋」というのがあった。それは以前の大和屋の華やかで豪勢であった事を描いたものである。その後戦禍に見舞われて宗右衛門町一帯は焼野原となってしまったのを、早くも復興の緒についたのはやはり大和屋であり、そうして今は軒並みにお茶屋が並んで昔の通りの華やかな花街となっている。そういうこともおはんから聞いていた。

その大和屋の今の女将のお雪というのはおはんと共に一時嬌名の高かった笑鶴《えみづる》という芸子であるそうな。

宝恵籠のおはん笑鶴昔今　悠象

そのおはんが、今は東京の灘万の支配人で、傍ら踊の師匠をしており、笑鶴は今は大和屋の女将となっておるのである。

「笑鶴はおりますか。」

「おる様です。」

坤者君は既に多少の用意をしていたらしかった。

車は阪口楼を出て茶臼山を下りて、灯の沢山ついておる街に出た。何処をどう通ったものか大阪の地理にくらい私にはわからなかったが、やがて宗右衛門町と思えるあまり広くない道に入って行った。車がぎっしり詰っていてその間を縫うて進んで行くのが困難であった。

車を下りて玄関から座敷に通ってみると、新橋辺りの待合と別に変った所もなかった。

大和屋の女将としてのお雪―笑鶴―が現われた。瘦せた背の高い美人であった。おはんの話でいろいろ聞いていたのでこちらは親し味があった。おはんと話すような心持で話した。四、五人の芸子がばらばらと現われた。そうして清元「木賀の宿」が舞われた。

私がある年、嵯峨さんに誘われてある方々と一緒に箱根の木賀の随意荘に遊んだ。その時哥沢《うたざわ》の芝金《しばきん》に出逢った。芝金は実花の哥沢の師匠である。そうして実花の二度の勤めのお披露目は今日であるという事を話した。

実花は戦争の最中は兵火を逃れて芸者を廃業し、暫く越後の小千谷に疎開していた。戦が熄《や》んでからももう芸者には出ぬつもりで、主として俳句を作ったり一時はホトトギスの事務員をしたりしていた。鎌倉の私の娘の晴子の家の留守番をしたり、また立子の家に同居して「玉藻」の編輯を手伝ったりしていた。馴れぬ仕事であるに拘らず忠実な事務員であった。

しかしある時私は

「実花君は事務員などよりも矢張り芸者として立つべきだね」

と云った。それは冗談のように言ったのであったが、満更冗談でもなく響いたようであった。その後実花自身も新橋辺りの近頃の状況を聞いたりして、だんだんとその決心を固めてゆくらしかった。私は仮初にすすめて見はしたが、何だかその事について責任を感じて、実花の兄の山口誓子君に手紙を書いた。芸者になることをすすめたという事は私としては少しおかしいのであるが、しかし幼い時分からその道の人として育てられて来ているのであるから、今俄かに他の仕事に転ずるよりもその修練された以前の道に復帰するのが最善の道であるように思う。あなたに異論があるか、どうか。そういうことを言ってやった。誓子君は、別に異論はないと言って来た。私はただ、実花に芸者に復活する事をすすめてみた許りであって、それについて実際上の助けは何も出来ず、全く無能力であった。しかし実花は独りで著々《ちゃくちゃく》歩を進めて、ある先輩を頼って愈々また芸者に出る事になったということを聞いた。

育てられ来りしものを萩桔梗　　虚子

そうして今日がそのお披露目の日であるという事を始めて知ったのであった。

その夜の箱根にはもう秋の気が漲っており、山の端には月がかかり、庭の秋草には露が光っていた。

寝床の中で句帖の端に書留めてみたのがこの「木賀の宿」であった。

木賀の宿りに落合ひて
しみ〴〵と聞くほととぎす
色の恋のといふよりも
人の運命《さだめ》をつく〴〵と
庭に露けき萩桔梗
空にまたゝく明星に
遅れて昇る山の月

それを清元梅吉君が節附をして、吉右衛門君が私の喜寿の祝の時に唄ったことがあった。そののちまた吾妻徳穂君が舞踊にして踊った事があった。

今、大和屋に来てこの「木賀の宿」が演奏されようとは全く思いもよらなかった。聞くと梅吉君や徳穂君がこの地に来て教えているとのことであった。現に徳穂君は今日帰ったばかりであるとのことであった。
この清元を唄った妓は「ホトトギス」の読者でもあるとの事であった。たしか秀のといった。

そこに来ている他の一人の妓ははん福といって現在この大和屋でおはんの系統を引いておるただ一人の妓であるということであった。その妓は座敷に来た時分から少し酔っていた。そうしてこの間ある舞踊の会で「船弁慶」を舞った、その時の知盛の隈どりをとったのがあるから、それに私の句を書けと云った。持って来たのを見るとある布に知盛らしい顔の隈取りが鮮やかに写っていた。
「何を書こうかな。」
というと、杞陽君が
「夏潮の今退《ひ》く、平家亡ぶ時も　　虚子
はどうです。」
と言った。

何時か下関に行った時分にある軍人が私を船に乗せて、壇の浦の平家滅亡の跡に連れて行った。そうしてその時の模様を説明してくれた。その時は丁度引潮であって、関門海峡の潮流は激しく音をたてて流れていた。源氏の船はその潮流を利用して平家の船を段々と圧迫して行った。勝敗は瞬く間に極った、という話をした。その説明を聞いた時は夏であった。そうして海峡の夏潮は音を立てて流れているのであった。

夏潮の今退く平家亡ぶ時も　　虚子

一時間ばかりの間に、これだけの事が運んだ。一同は再び混雑の車の中を縫うて阪口楼に帰った。

笑鶴に逢ったことをおはんに通知してやろうと思った。

笑鶴に逢ひぬおはんに落し文　　虚子

あとで宵子は
「お父さんは芸者の前で嬉しそうであった。」
と言った。

大和屋にその短夜の一ときを　　虚子

垂訓

翌朝、阪口楼の一室で坤者、杞陽の両君と取りとめもない話をしていた。立子、宵子は別の部屋に居た。
ふと話が美人談になって、私は、美人というものは人々の好き好きで分らないが、目口鼻の整った所謂美人型というよりも、そうでない方が却って美しいのではあるまいか、と言った。そうすると杞陽君は
「これも垂訓ですか。」
と言った。

「茶臼山上の垂訓という事になりますね。」
と坤者君も笑いながら言った。私も笑って
「成程、此処は茶臼山でしたね。」
そう言って向うを見渡すと、池を隔てて一寸した森がある。それが今でも茶臼山の旧跡として保存されているのだそうだ。大阪冬の陣の時、家康が此処に陣を布いて大阪城を見下ろして自ら指揮したのであった。もとより高台ではあるが、特に山という程のものではない。叡山や高野山と比べて見たら話にならない。ただほんの岡である。しかし茶臼山という名前がある以上、山上の垂訓の一つとして茶臼山の垂訓と言えない事もなかろう。

また話がもとに戻るが、叡山では宿院の俳句会を済せて大書院の方へ帰ってみると、大広間に三、四十人の配膳が並べられて、私等の着席を待っていた。俳句会が済むと多数の人は八瀬の方と坂本の方へまだケーブルの通っておるうちにと雪崩を打って急いで下りてしまったのであったが、この三、四十人の人は今夜宿院に泊って明日私が横川の方へ行くのに一緒に行こうという人々であるらしかった。諸君が膳の前に坐って、やがて主人側の挨拶が始まった時分に、私は立上って御礼の言葉を述べようと思った。年尾が側に居る時分は、何時もこういう場合は大概年尾に代ってもらうのであるが、その時ばかりは自ら立上って何か言ってみようという衝動に駆られた。そうして先ず昨夜「堅田夜話」で話した様な事を言って、私と叡山とは縁が浅くないという様な事を話しているうちに、段々興が乗ってきて、それとは関係の無い事であるけれども、私が多年唱えて来た客観写生という事についてのその主張を此処で更に繰返して述べてみる気になった。四、五十年間この私が自ら経験したところ、また主張し来ったところを、この際重ねて主張しておく事に、何か力強いものを感じた。芭蕉の言った事も大概芭蕉の符牒である。その符牒を後の人は勝手に解釈して何とか言っておる。私の客観写生という事も私の信ずる所の符牒である。私はその符牒を目標として自分も製作し、人をも導いて来た。私は確信を以てそれを言う。芸術、殊に俳句は写生という事が肝要である。俳句は殊に客観写生という事が大事である。敢て天下に向って法を説くという様な大それた考えは持たないが、ただ遍く「ホトトギス」や「玉藻」の塾生諸君に向ってそれを説く。……私自身訥々として話しながら自ら能弁になってゆく様な感じがした――「花鳥諷詠」の事には言及しなかった。――そうして話す時間も可成り長かったのであろうけれども、私自身は長く話した様な感じでもなしに席に着いた。席上の諸君も私に釣られて

熱心に聞いている様であった。それが終った時分に杞陽君は
「山上の垂訓でしたね。」
と言った。私も今まで気が付かなかったが、成程ここは叡山の上だったと思った。そうしてガリラヤ湖畔が琵琶湖畔かなと思った。

それから高野山での俳句会の後でも、私は一言述べて置き度いと考えて、また立上った。それは「省略」という事であった。成るべく簡潔に、省略に省略を重ねる。この「省略」という事が俳句の大事であり文章の大事であるという事はまた私の信条であった。これは山上の垂訓という言葉を意識して話したのであった。ホトトギスの塾生諸君以外にも話す積りであった。

以上二つの山上の垂訓は老人としては少し気負い過ぎたようであった。

その後坤者君の葉書にこう言って来た。

杞陽さんから来信の一節。

「垂訓も数ある中で

茶臼山上の垂訓が最も奥儀を伝えた垂訓ではないでしょうか。

聴講生二人ということも面白いのではないでしょうか。」

（中　略）

古浴衣

米原の幸叢君が蛍を七百匹ばかり持って来てくれた。それを蛍籠に入れた時は金殿玉楼が闇の中に涌き出たようであって、素晴しく見事なものであったが、二週間経つうちにだんだん死んで行って、生きているのはただ五匹になってしまった。その時の記事を「ホトトギス」の九月号に書いた中にこんな文句があった。

「ようやく杉の葉の間に光っている五つの光を認めることが出来ました。そうしてその中の二匹はまだ相当に光が強く、生をつづけていることが明らかになりました。その二匹は蛍籠を這い上ってやがてこつんと音がして、下に落ちたかと思うと、また蛍籠を這い上りつつありました。なまじいに生きているものの哀れを感じさされるのでありました。」

この「なまじいに」云々の言葉は、私はそんな心もちを強く持っているのでもなかったのだが、つい筆が走ってこんな文句を書いてしまった。しかし別に消そうとも思わなかった。

身にかなひ心にかなふ古浴衣　虚子
古浴衣旅さすらひの心にて　同
何事も古りにけるかな古浴衣　同
見る人は如何にありとも古浴衣　同
古浴衣著て賓客に対しけり　同

（二十七年十月、「中央公論」所載）

「井筒」と「三井寺」と「班女」

「能」に描かれていることは現世よりは遠い事のように一寸は考えられる。私はそうは思わない。「能」に描かれているような事が私等の目の前の現実の世の中にも有る。譬えば「井筒《いづつ》」のキリに業平《なりひら》の形《なり》をした井筒の女が左右の手で芒をおし分け井筒をのぞく所がある。これは「筒井筒振分髪」という若い男女が井筒のそばに睦み遊んでいた昔を恋うる姿である。今の世でも井筒のそばで男女の子供が睦み遊ぶということはあり得る事である。また「三井寺《みいでら》」の狂女が月明に乗じて鐘をつくという事、それに似た事も今日の世に有り得る。現に今は亡き私の知っている女の人が[17]、感情の昂ぶった時は物狂に近い挙動をする人であったが、月明の夜筑紫の観世音寺の鐘を心ゆくまで乱打したという事であった。

班女

今もあり秋の扇のそのことも　虚子

（二十九年十月記）

写　真

兎も角、柳行李は出させて置いたのである。そうしてその柳行李は机の側に置いたままになっていた。この柳行李には、私の写真がいっぱい詰っているのである。

「週刊サンケイ」(18)から私の写真を十枚ばかり欲しいと言って来た。サンケイの須知白塔《すちはくとう》という人は立子の知り合いであって、その事を立子から言って来たので、どういう事にするのかときいて見たら、何でも私の古い時代からこの頃までの写真を年代順に、十枚許り選んで欲しいとの事であった。

二、三日前、その須知という人が写真師を連れてやって来て新しい写真をとって行った。その時古い写真も欲しいとの事であったが、他にも来客があったので、あとから送ることにして帰した。

とは云うものの、柳行李いっぱいに乱雑にほうり込んである写真を選り分けるという事は大変な事なので、手をつける勇気がなく、四、五日そのままにしてあった。

今日も午前中はある用事の為め、つぶれてしまった。午後立子から電話で、須知さんから至急写真が欲しいといって来たので私も行って手伝うから選り分けてくれないか、と言った。今まで一日延しになっていた事も漸く遣る気になって、その行李の蓋をとって、十枚二十枚と眺めていた。

其処へ立子が来たので二人で行李を隔てて坐った。

小諸に疎開していたときの写真が、かなり沢山あった。それからパリやロンドンで撮った写真、この間亡くなった明達寺の非無和尚と一緒の写真、諸処の俳句会に出席した時の写真、またいつとったのか分らぬ写真、それ等が沢山出て来た。

写真を大事にする人は、その写真をとった年月や場所をいちいち入念に記入しておくのだそうであるが、私はただそのまま、どこかに放り込んで置いた。それもちりちりになっていたが、近年は手当り次第、この柳行李の中にしまって置いた。いつ何処でうつしたのか分らぬものが十中八九を占めておる。年代が定かでないという事はこういう場合に甚だ不便である。

立子とよく旅行をしたので、一緒に話し合っているうちに、その場所や年月が、ほぼ分って来るものがある。立子がその写真の裏面におよそ推定の年月を新たに書き入れる。が、そんな事をしていては、時間が経つのみではかが行かぬ。

私はふと思いついて、古い写真は、改造社から出版した虚子全集の口絵になっている、あの写真版で間に合わないであろうか、と言った。立子は電話でその事をかけ合って見よう、といってサンケイの須知を呼び出した。

「こんな風にしまって置いては駄目ね。一度整理しましょうよ。一日この為めにあけた日をつくって……。」

「そうだね。」

私はこの頃朝日新聞社から依頼されて私の自伝を書きはじめた。書きはじめて見ると健忘の私はさて何を書こうか。一向に思い出せない。この写真も、ゆるゆるしらべて見れば、昔からの思い出の誘引にならぬとも限らぬ。年代順に配列して見る方が何かと便宜だ。この立子の言葉には賛成を表した。立子の生れる前、また子供の時分のものも沢山あるが、立子が俳句を作るようになってからのものも、数多くある。二人でゆっくり調べたら、ほぼ想定はつくであろう。一日では駄目であろうが、二、三日費すつもりならば、出来ぬ事もなかろう。

そんな事を考えながらなお、手に当る写真を調べつつ十枚許りを選り出してみた。

サンケイへの電話が通じたので立子が出て見ると、写真版でも差しつかえないということと、更に二十枚許り選り出して置いてもらえば好都合だ、との事であった。

選り出した写真の一枚をとり上げて

「なぜこんな写真をお選り出しになったのですか。」

「それは木像のようで面白いと思ったからだ。」

また一枚をとり上げて

「このお父さんの仕舞の地謡は、松本さんと野口さんでしょう。二人が揃って地を謡っているの、珍らしいですね。」

「それは、私が舞うのだから松本、野口両氏に地を謡ってもらい度い、といったら両人ともしぶしぶ謡ってくれたのだ。」

私はまた一枚の写真をとり出して

「この写真は面白いね。」

それは志摩に行った時、磯竈《いそかまど》と称える海女の休み場所の中に立子と公子が居て、海女が七、八人お昼を食べる用意をしている処である。

「それらは肝腎のお父さんが写って居ないじゃありませんか。……この御木本《みきもと》さんとの写真も面白いですね。」

それは山高帽をかむって松葉杖を突いている例の御木本翁と対談している写真であった。それは昭和二十三年の春であった。帰る時になって

「また五年したら会おう。」

と翁はいった。その五年は昨年に当るので、訪ねて見ようかと思ったが果さなかった。翁はこの間九十八とかで死んだ。

手許がもううす暗くなって来た。まだほんの上《う》わ積《づ》みの一部分だけを見たばかりである。

「もう二十枚になったろう。」

「二十三枚になりました。」

うるさいと思っておった事にもいつか多少の興味を覚えつつあった。

（二十九年十月記）

ヴォーカンス氏死す

アノネイ　アルデーシュ県
一九五四年一〇月二五日
一四番地　サントマリー街

先　生

私の夫、詩人ヂュリヤン・ヴォーカンスは、彼の文学の仕事をあなたに知らせるために、手紙を書くことを常に心がけていたのです。残念ながら、死が彼にその時を与えませんでした。

われわれは、私の子供たちと私は、去る七月(二九日)にまことに突然に彼を失うという苦悩をしみじみと味ったのです。このような終末を予想することは全くあり得ないことだったのです。

一九一四年の大戦のときの大きな負傷がありまして、それがこの悲しい最後を多分急がせたものと思われます。

このソウ失にあなたが心を打たれることと信じます。彼は、あなたの御承知のとおり、日本、その文化、その芸術の大きな讃歎者でした。その影響を多く蒙りました。

ハイカイに対し異常な情熱をもって、それの立派な専門家になりました。

あなたは、あなたとあなたのお嬢さんが一九三六年にパリに来てくれたとき、その詩型に関して彼を喜んで元気づけてくださいましたが、彼はまことに幸福でした。

彼の死はフランス文学に大きな損失であり、われわれにとって大きな苦しみでした。

ごく最近に書かれた未発表の日本の霊感の詩が発見されたのでこの手紙に同封いたします。あなたに興味があると思いますし、そう希望いたします。

この悲しい消息を私自らお報らせせずにいませんでした。それは、彼の最後の思慕の一つはあなたに対するものでした。(一九三六年以降、パリのセーヴル街の私の家の客間で撮ったあなたの写真は、彼の机の上に置かれて、彼の目に絶えずありました。)

先生、私の子供たちと私の最も良い、しかし深く悲しい感情の表現をお受けとりください。

ヂョセフ・セギヤン・ヂュリヤン・ヴォーカンス

私が昭和十一年にフランスに行った時に、兼ねてフランスにもハイカイと称える詩があるということを聞いておったが、パリーに行った当座は、在留日本人との間に俳句会があったばかりで、ハイカイという詩を作る仏蘭西人と出会わなかった。またこちらから強いて出会おうともしなかった。

ドイツに渡ってから日本人会で俳句会が開かれたが、その席上にドイツ種のビュルガ姉妹があって、それが日本語で俳句を作るのに出会った。それからその席上で俳句の講演というものをした。

またロンドンに渡ってから、その地のペンクラブに招かれて、ここでも俳句の講演をした。が、俳句に関心を持つイギリス人には出会わなかった。ただ宮森《みやもり》麻太郎《あさたろう》氏の翻訳した俳諧を読んで居る人はあった。司会者はその宮森氏訳の私の俳句を朗読して私を紹介した。

　それから再びパリーに帰ると、今度は、ハイカイ詩人の集りが私を招待して談話会を開いた。それは私の来た事が彼等仲間に分って、私がロンドンから帰るのを待ち受けて居たのであった。その席上で日本の俳句をフランスに紹介した最初の人、クーシュー博士もあった。またその前日は最も有名なハイカイ詩人であるヴォーカンスという人の邸に招かれて、質素でもなく華美でも無い心の籠った家庭料理の御馳走になって、同席していたポンサン氏などと俳論を闘わせた。

　翌日のハイカイ詩人の会合の時もそうであったが、論点は主として季についてであった。翌日は席上に佐藤順造氏がおり、この日は松尾邦之助氏がおった。それに悴の友次郎もおって、交《こ》も交《ご》も通訳に当ってくれた。このヴォーカンス邸の一席の会合には深い印象を受けた。

　ヴォーカンス氏はほぼ私と同年位であると思われた。挙措は静かであった。言葉も多くはなかった。むしろポンサン氏の方がよく喋言った。

　日本に帰って後も、数次手紙の往復をした。私の頭には常にヴォーカンス氏の印象があった。その部屋、その装飾、その食卓の模様、細君の態度等まで記憶に残っておる。辞する前に窓から見た往来は、雨に濡れて外燈の光に浮き出た如く光っていた。それも目に残っておる。要するにヴォーカンス氏その人が私に好感を与えた為であった。

今その人が亡いという事を聞き真に寂寥の感に堪えない。

今この奥さんの手紙を見ると、ヴォーカンス氏もまた私に対して常に心を寄せて居たものの如く思われる。

ただ共に俳諧の道に連るという為に、かくの如きものがあったのであろうか。私は奥さんに簡単ではあったが、左の手紙を書いた。

御手紙拝見致しました。御愁傷の事と存じます。しかし俳諧詩人として御盛名を贏《か》ち得られた御一生を回想せられて御遺憾はない事と思います。謹しんで冥福を祈ります。

一度《ひとた》びお目にかかって後は、度々御書信を忝《かたじけの》う致し、その変らぬ御友情に対し深く感銘致して居ります。

あの日本の提灯、その他日本の器物を御飾りになって居た棚の下で、テーブルを囲んで、俳諧の友であられるPoncin氏と、それに私等とで暫く俳諧についてのお話をした事、並びに食卓についてから奥様の御歓待を受けた事などをただ今回想して居ります。

ヴォーカンス氏の俳諧詩並びに御写真をお送り下さいまして有難うございました。これは何時頃の御写真ですか。お目にかかった時の御写真と少しも変ってないように思います。ヴォーカンス氏はお幾つになられましたか。私は来る二月で八十一歳になります。

御地で得た唯一人の友という感じが致しておりましたが、今は大変寂寥を感じます。

奥様の今後御健康であられん事を希望致します。

敬　具

昭和二十九年十二月

高浜虚子

ヴォーカンス氏夫人様

（二十九年十二月記）

文化勲章

私は国の中学校に居る時分は相当に学業を勉強する方であった。組の生徒はたくさんあったので、二組に分れて居て私は乙組の方であった。学年試験の成績はいつも岩尾徳太郎が一番で、二番は私、三番は加茂正雄ときまっていた。これは四年間を通じて変らなかった。岩尾は甲組、私と加茂とは乙組であって、岩尾と私はそれぞれ級長であった。私は岩尾を抜いて一番になって見たいと思ったがそれは遂に出来なかった。五年級の頃には学業は第二にして古今の小説類を耽読した。そのため卒業試験の時には岩尾、加茂、高浜という順序になって三番に転落した。

岩尾というのは姉二人が芸者をして、その稼いだ金で弟を中学校に入れたので、その姉も弟も感心な者として郷党の間に評判であった。加茂正雄は京都第三高等学校から仙台第二高等学校を経て工科大学に入り、機械科を専攻し、工学博士となり、大学教授となり、今は名誉教授である。岩尾は蔵前の高等工業を卒業して、大阪鉄工所に入り、技師として勤続した。往年汽車の中でその子息と偶然名乗り合ったことがある。その時岩尾は既に病歿していた。

「ホトトギス」と前後して明治三十年頃酒井氏が発刊した「英語研究」という雑誌は百一巻第一号を最近発行した。その中に旧友喜安璡太郎《きやすしんたろう》君の「鵠沼通信」が載っておる。その冊子を喜安君が送ってくれた。読んで見ると私の文化勲章受賞につき左の記事があった。

今年の文化勲章受賞者がきまった。その中にアイヌ研究者の金田一京助博士が居る。また俳壇の大御所虚子高浜清氏がいる。虚子の受勲は遅きに失する憾みがあるが、とに角めでたいことである。松山中学では、虚子は私等より一年上のクラスで、明治廿五年の卒業。高浜氏は実に温厚で確っかりした学生であった。級長で通したが、決して点取虫でなく余裕綽々として古典を繙いたり俳句を作ったりして居た。首席は岩尾徳太郎氏(蔵前高工出身)、二番が高浜氏、三番が加茂正雄氏であった。

加茂博士は東大名誉教授である。外交官としては吉田首相よりも先輩だった小田徳五郎氏や先月死去した俳人寒川鼠骨も高浜氏の組であった。こういう同級の者はみな高浜さんを清さん清さんと呼んで敬愛して居た。どんなあばれん坊でも高浜さんには一目置いていた。下級の者にはあがめられ、上級生からは尊重されていた。校長も先生も高浜さんを立てていた。高浜さんは全校の尊敬の的であった。高浜氏は京都三高から仙台二高に移ったが中退して東京に戻った。間もなく早稲田に入って坪内先生などの講義を聴いて居たがここも一月で退めてしまった。その頃私は早稲田の八幡坂の一寺に下宿して居たが、ある日高浜さんはその寺に訪ねてくれた。お茶の用意さえない私は寺の庭に出来た栗を出してもてなした。明治卅一年私が増田先生の「日本英学新誌」を手伝っていた頃、虚子は「ほととぎす」を引受けてその経営編輯を始めた。卅八年私が「英語青年」の経営に当るようになった頃、虚子は俳句においても、小説においてもすでに大家となって居た。それから五十年の歳月は流れて今年文化の日、中学時代から私の仰ぎ見て居た虚子が八十の胸に栄ある文化勲章をつけるのである。祝さざるべけんや！

喜安君のいう程では無かったけれど可成り勉強はしていたのである。

この岩尾、加茂の二君と引換えて、私はその頃すでに正岡子規と交遊をはじめて俳句も作れば文章も書いてみたいと志し、学校の課業にさほど熱心になる気になれず、おりふし京都に立ち寄った子規、鳴雪、飄亭、非風《ひふう》などと京の郊外をぶらついたりした。ところへ、一年遅れて河東碧梧桐も入校して来た。

それから二人の無軌道な生活がはじまりかけた。二人は課業を欠席して、八瀬、大原、鞍馬をはじめ、遠く宇治、奈良に出かけ、また、私は春休みを利用して東京に子規を訪ねた。それから加茂等と共に仙台に移ってからも文学熱はさめることなく、終に二人は学校を中退して東京に出て、専門に俳句に携るようになった。はじめ郷党の父老達は私等の前途に望みをおき、また級友も相当な敬意を払って居たのが、逆に堕落生として私等を見るようになった。

仰山に言えば、私等は強いて荊棘の道を選んだものであって、おとなしく学校をつづけて居れば何も事は無かった。が、友達は皆学士という肩書で世の中に出て行くのを尻目に見て下宿屋にごろつき、小遣いに困り、著物《きもの》や書物を質に置き、なお自ら高しとしていた。

十一月三日参内して文化勲章を戴いた。その時控室で萩原天文台長と話をした。萩原氏は、前の天文台長の平山清次博士の高弟である。

明治三十年のことであったか、――私には三人の兄があったのであるが、その末の兄が国許で失業して、東京で職業を見つけたいと上京して来た、所謂士族の商売で、何をしても捗々《はかばか》しく行かなかったので、今度は思い切って身を落して露天商人になる覚悟で、松山名物の一つになっていた俗にお船手細工とよばれていた竹細工を持って来てそれを露天で売ってみることにした。けれども碌に売れもせず困って居たので、丁度その頃、芝の佐久間町に下宿屋の売物があったので其処を買い取って下宿屋の主となった(19)。売買の手続きがすんでその日からずぶ素人の兄が下宿屋の主人となった。前の主人が使って居った女中がそのまま居残ってくれた。その頃私も他の下宿にくすぶって居たので、兄の助手として時たまその帳場に坐ることもあった。先ず先ず緒に著《つ》く段取りとなったので、兄は国許に残して置いた妻子を迎えに行き、その間私はその下宿を預ることになった。女中は今まででも居辛くって居ったところに堪えられなくなってある日使いに出たきり帰らなかった。私は仕方がないから、御飯を焚き味噌汁を拵え漬物をきざみお膳を拵えねばならなかった。下宿人は皆厭な顔をした。岡持をさげて豆腐も買いに行った。そんな事を二、三日続けて居るうちに、下宿人は一人減り二人減りして残り少なくなった。二階で手が鳴ったので私が顔を出した。それは平山という貧乏臭い大学生であった。そうして顔をしかめて、

「あなたに来られては困る。」

と云った。それから炭がなくなると、自ら炭斗《すみとり》をさげて梯子段を下りて来た。私は帳場で「国民新聞」の俳句の選をした。

この平山氏は他の下宿人の如く遁げ出しもせず辛抱して続けて居てくれた。これが後ちの天文台長平山清次博士であった。

数年後、明治三十八年であった。ハレー彗星が地球に近付いて来た。その頃の平山氏は天文台に居た。私は平山氏の案内で、一夜天文台に行った。平山氏は望遠鏡の中にその彗星を入れてくれた。大きな竹箒のような彗星が鏡面に現れた。平山氏はまた序でだと言って地球の兄弟の遊星を代わる代わる望遠鏡の中に入れてくれた。火星が赤い光を

放っておる事や、木星に二つの月があることや、土星に美くしいリングのある事はその時親しく見ることが出来た。

爾来打ち絶えてお互に無沙汰をし合って居たが、ある日、突然平山氏から手紙が来て、ホトトギス社に行くが差支えないか、と云って来た。私はお待ちすると云って何十年振りかに面会した。その時は俳句の話をした。また昔話をした。平山氏は健康を損していた。そうして俳句を作って見ようかという意向があったようであった。その後何年か経って俄に平山博士の訃が伝わった。

萩原氏と話したのは平山博士のことであった。その後他から聞くところによると、平山博士の惑星に対する研究は世界的に著名なもので、生存して居たならば当然ノーベル賞は貰えるものであろうとの事であった。その平山氏の愛弟子であった萩原博士にはじめて面会してそんなことを話した。博士も当日の受賞者の一人であった。

萩原博士とこの平山博士のことを話したについて、私は当時の自分を回想して見るのであった。その頃の私は世間というものをあまり知らなかった。知らなかったと云うよりも世間というものを眼中に置かなかった。襤褸《ぼろ》を纏うて人中をのさばり歩いても恬《てん》として恥るところがなかった、岡持を下げて豆腐を買いに行くことも平気であった。下宿屋の仮りの主人である自分にも誇りを持って居た。手が鳴れば、ハーイと返辞をして、女中の替りをすることもした。それ等を恥かしいと思う人の方が間違っていると思った。――その後でも私はそういう心持は多分に持って居た。もしやらなければならぬ場合ならばどんなことでもする。おわいやでもする、紙屑買いでもする、自分の体力で出来る事ならなんでもする、という心持があった。が、この頃は世間態ということも考えないではない。身分不相応な事を敢てしようという覇気も無くなりかけている。ただ世間並みの老いぼれた一老爺に過ぎないようになりかけている。

が、その時分は青年の客気に駆られていた。が、何に堕落しようと平気であった。友人の多くが学業を励み、学士の肩書を身に着けて世の中に出て行くのを白眼で見ていた。相変らず下宿屋にごろついて居て、俳句を作っていた。

いつか碧梧桐と二人で俳句を作って、夜を更かしておると腹が減って来た。しかも寒い夜で、下宿屋の火鉢の火も少なかった。炭斗の炭も無かった。嚢底を探ぐって十銭の銀貨を得たので、下宿の少婢にこれで焼芋を買って来いと命じた。つんつるてんの着物を着ているその少婢はふだんから私等を軽蔑していたが、

「いつまで起きてるの。」

と、捨てせりふを残して表に出て行った。軈《やが》て、

「おお寒い寒い。」

と、云いながら焼芋でふくれた風呂敷の四つの隅をつまんだまま帰って来た。忽ちその風呂敷包の一端を離すと、焼芋は湯気を立てて畳の上に落ちた。それは驚く可き沢山の焼芋であった。

十銭の焼芋はあまり多かりし　虚子

私等はそんな事をしながら俳句を作って居た。

私はある時風邪を引いて熱が出て床に横《よこた》わって居た。人に逢うのがうるさかったので、半紙に大きく「大文学者」と書いて、部屋の障子に貼付けておいた。その事を子規が伝え聞いて、

下宿屋に大文学者の肝小さく冴ゆる　子規

他の真面目な学生から指弾されつつ、それでも俳句を作る事には相当に熱心であった。「日本」紙上の「明治二十九年の俳句界」[20]という子規の文章は、私や碧梧桐等の俳句の批評であった。

明治三十一年には私は「日本人」紙上に掲げた俳句を集めて「俳句入門」と題して小冊子を刊行した。この原稿料は二十円だった。それを長女が生まれるお産の費用に当てた。この「俳句入門」は百版にまで達したが、私は印税というものがある事を知らなかった。

「国民新聞」の俳句の選は前から続けていた。

「万朝報」に入った。主として俳句で時事評を試みた。

伊藤侯

化けもせぬ古猫の恋哀れなり　虚子

ペスト流行

黒くなりて死ぬる蚕の病かな　同

の類であった。

明治三十一年十月に、柳原極堂が郷里伊予の松山で発行していた「ホトトギス」を東京に移して刊行した。これは千五百部刷って忽ち売切れた。その頃の雑誌界で初版の部数としては破天荒の事であった。主として子規の力に拠るものであった。私はその号に「浅草寺のくさ〲」という文章を書いた。子規はそれを認めた。それから「ホトトギス」編輯者としての生活がはじまるのであった。

家庭をも持った。「ホトトギス」の発行編輯のことをも担当した。もう従来のような放縦な生活は許されなくなった。私は少し健康を損じた。コレラだと云われた程の大腸カタルをやった。幸いに一命を取り止めて伊豆の修善寺に一ト月許り保養した。新井屋という宿の主婦は家内とニコライ女学校の同窓生であった。

兎角健康が勝れずに居ったところへまたチブスに罹って、一層腸を悪くした。鎌倉に移住してからもなおその不健康はつづいた。この間に子規は病歿し、夏目漱石が擡頭して来た。私は国民新聞社に入って文学部を担当した。

脳溢血(?)に罹って、酒を全廃した。また俳句に専念するようになった。爾来四、五十年を経て今日に来ておる。

さきに言った如く、友人の多くは学士というものになって、早く世の中に認められたが、私はただ一個の風来坊として俳句を作ったり文章を書いたり、下宿営業を補助したり雑誌を編輯したり、世間から見れば無軌道な堕落生であり、一個の廃残者であった。殊に郷党の父老からは軽蔑の目を向けられがちであった。昭和十二年に芸術院の会員に推薦された。芸術院の会員に推薦されようがされなかろうが少しも私という者に何の変化もないわけである。

今度文化勲章をもらったという事も、貰ったところで、貰わなかった処で私というものには少しの増減はないわけである。私は子規の跡を継いで、俳句や写生文のことに携って来た。ただそれだけの事である。しかし、陛下から勲章を貰ったことを有難くないと言うのではない。それは忝ないと思っておる。また、人がお目出度うと云ってくれる場合、有難うございます、と云うだけの事は心得て居る。

今年九月子規忌を兼ねての「句会と講演の会」が、ホトトギス社の催しで工業倶楽部であった日、丁度颱風が来るという日で私は出席しなかった。子規忌を催す日に大龍寺に墓参をする事は今までほとんど欠かしたことはなかったが、八十一歳の老齢で颱風を冒してまで出掛けるという芝居がかった事は好まなかった。それから翌月の十日の「句会と講演会」の日には私は上京した。そうして前の月墓参を怠ったかわりに大龍寺に墓参して子規の墓に一礼して、香華を手向けて帰って、その足で工業倶楽部の会に行った。

十一月三日、もとの明治節、今の文化の日に宮内庁に行った。控室に入ると沢山の新聞記者は私を取り囲んで、きょうの感想の句はないかと迫った。私はこの間子規の墓に参った時のことを回想して、その時の子規の墓はただ黙々として何も語らなかった、私もその墓に向って何も話さなかった、ただ両者黙々として相分れた。その時の事を思い出してこういう句を作った、と言った。

詣りたる墓は黙して語らざる　虚子

私が文化勲章を貰ったのでは無い、俳句が貰ったのだと考えることも出来る。また子規並にその周囲に居ったものが一緒に貰ったものだとも考えることが出来る。――皆死んでしまって一人長生きした為めに私が貰ったものだとも考えることが出来る。

安倍能成君から端書が来た。その端書にはこうあった。

昨日角川にあった処、廿九日の老兄の御祝に実行委員長という名乗をしてくれ、また先生は一緒に謡いたいという御希望だといったので、郷土の尊敬する先輩へのサーヴィスと思い承知した。謡うということになるならば何を謡うという御趣向にや御知らせを乞う、小生現在の心境では芸術院会員にも文化勲章にも何の興味もなし、老兄の文化勲章を得られると得られぬとは小生の関心事ではないが、しかし得られたことは、当然のことだと思う、二十九日に出ることになった故二十八日には欠席します。日曜は東京に居ぬことを原則としていますから。

これは角川書店の主人、角川源義《かどかわげんよし》君が来て「私の祝賀会を開き度いが、どうであろう」と私の意向を尋ねた。私は「私の為めの祝賀会は私の出席して居る俳句会とホトトギス同人会とだけは受ける事になっておるが、それ以外は辞退する。がもし私の為めというではなく、今まで社会から兎角軽蔑され勝であった俳句の為めというならば、喜んで出席する。」という事を云った。

角川君も「私もその意見である。」とのことであった。そうして「どういう人々を呼ぶか。」との相談があった。「それは一切お任せする。私の方には何の注文もない。」と云った。

角川君は首肯して帰った。

その後、角川君から来た書付を見ると、十二、三人の実行委員があって、安倍能成君がその委員長というものになって居た。安倍君はその事を言って来たのである。

私の出席して居る会の合同祝賀会は、十一月二十日、工業倶楽部で一時間半程で済んだ。三笠宮様はじめ、多くの人の祝辞。十一月二十八日には逗子松風寮にて大仏会の祝賀句会。二十九日にはホトトギス同人会の祝賀会。それは初波奈で寒い風雨の中に催された。大橋越央子《おおはしえつおうし》君はじめの祝辞。三十日には角川主人発起の祝賀会。文壇、歌壇、一般俳壇の人々。安倍君はじめの祝辞。武原はんの「七つ児」の踊。

また十一月三十日の七宝会にはお祝の意味で近藤乾三《こんどうけんぞう》氏ワキ手の「大原御幸」。これで祝賀会は終り。

（二十九年十二月記）

新井屋

駿河台に在るニコライ堂に附属している神学校というのがあった。其処に入学して居る子女は全国に散在しておるニコライ教の信者の家の者であった。

ニコライ教というのは、ロシヤの旧教の牧師であったドミトリー・ニコライという人が日本に渡って来てはじめて拡めた宗派であって、東京の高台の駿河台に丈高い大きな殿堂を打ち建てたのが人目を峙《そばだ》てたのである。その費用は主にロシヤ政府から出たものであって、日本に在る信者と云う者はそのニコライ司教の布教によって出来たものであった。何か政治上の意味があるのではないかという疑いを抱いた者も少くなかったが、そんなことには関係無く、ニコライ司教は衆望を集めて、その乏しい信者の中からかなりの数の生徒が集って来ておった。

学校が始まって後数年経ってその六回目の生徒の中に、伊豆の修善寺から来て居た相原つると云う生徒と、上州の前橋から来て居た大畠いと、と云う生徒があった。この二人は同じクラスの中でも気の合う仲間であった。級友は多くその後疎遠になったりまた死んでしまったりした。が、この二人は七十六、七歳の今日まで不思議に親しい交遊をつづけている。その相原つると云うのは温泉宿新井屋の今の老主婦であり、大畠いとというのは私の老妻である。

明治三十二年、私は劇しい大腸カタルをやってあるいはコレラではないかという疑いを受け、当時駿河台に在った山龍堂という病院に一と月余り入院し、強心薬を飲みつづけて漸く一命を取り止め、退院してからも暫く静養する必要があるというので、妻の繋がりからこの修善寺の新井屋に一ケ月許り逗留したことがあった。

その新井屋の独り娘であるつるに養子を貰って子供が生れたが、その子供は生れながらに弱い子であって間もなく夭折してしまった。私の行ったのはその子供がまだ元気な時であった。私の家にも一人の子供が生れていた。この学校友達の二女の家庭はまずまず平穏無事であった。

その後新井屋の家庭にも種々の出来事があり、また私の家庭にも相当な出来事があった。今日まで五十余年の月日が流れた。

私は昭和二十九年十二月六日の月曜日に、次女立子を帯同して鎌倉の住居を出て、この修善寺の新井屋に赴いた。昔は三島まで汽車で行って三島から駿豆鉄道に乗換て大仁《おおひと》まで行き、大仁から円太郎馬車に乗換て漸く修善寺まで行ったものであったが、今は東京から電車で直行することができるのである。修善寺駅で降りて新井屋まで自動車、新井屋の玄関に著《つ》くと、女中や番頭に混じって白髪の老主婦が広い板敷に坐って私等を迎えてくれるのである。これはいつも同じことである。

「おばさんとお母さんと見たところおんなし感じよ」

と立子は云った。老主婦は総白髪の髪をひっつめておって、それは全く老妻と同じ恰好である。老妻はほとんど足が立たないが、この老主婦は腰が曲って両手を後ろに突き出して歩いて居る。二人は互に逢いたがっておるが共に道中の事や大小便のことが気になってとても出掛ける勇気がないと云う。それは互に同じことを言っておる。

去年であったか中村波奈子さんの自動車に誘われて老妻は珍らしく重い体を人に助けられて、はるばるこの新井屋を訪ね、老主婦に逢ったことがあった。その時は暫くぶりの会合であって喜び合ったが二日許りの滞在でもう帰った。そうして相当くたびれたらしかった。その後私は老主婦に鎌倉に来ることを勧めて見た。老主婦も余程心が動いたようであったが遂にそれは沙汰止みになってしまった。

明治の末であったか、大正のはじめであったか、私は子規の遺業の一つである写生文というものの歩を進めて、小説を書いて見ようと志したことがあった。その頃私は六という名前をつけた四女を亡くした。そうして「落葉降る下にて」という小説を書いた。それはこの新井屋に滞在して筆を執ったのであった。それからまた「女今川」と称える短篇を書いた。それは「朝日新聞」に載せた。それもこの新井屋に滞在している時であった。その頃部屋のほとりにあって落葉を降らしていた大きな欅は、今もなお依然として落葉をつづけており、部屋の前を流れる桂川の水音も少しも昔と変りはなかった。もっともこの水音は頼家、範頼がこの地で殺された当時からも変りが無いのであろう。

老主婦はよく昼食のすんだ頃を見計らって私等の部屋に話しに来た。それは今年五十歳になる立子が生れる前の話であって、長女の真砂子が生れて間の無い頃の事であった。その話というのはたとえばこんな事であった。老主婦が若かった時に神田の猿楽町に在った私の家を訪ねたことがあった。その頃、同じく若かった私の妻は、丸髷を結って赤い手柄をかけて、据風呂を沸かしているところであった、と云うような話をした。その据風呂のことを私は思い出した。一本の古い据風呂を古道具屋で買って来て、それを軒下に置いてそれに這入っておったことがあった。屋根が無いので雨が降ると這入れなかった。湯を流すと湯が紅葉屋という雑貨店の庭に流れて行くので、気の毒な思いをすることが度々であった。私はまたこんな話をした。この老主婦が赤ん坊を抱いて、廊下に立って、その赤ん坊に夕暮の空を見せながらホーホーとあしらって居たということなどを話したのであった。そうして

「その頃あなたは若くて美しかった。」

と言ったら、老主婦はぽかっと口を開けて笑った。

「あれから間も無く赤ちゃんは亡くなられたのでしたね。」

「そうでした。」

老主婦は相変らず口を開けたままであった。この赤ん坊の早く歿くなったという事は老主婦にとって最大の不幸であった。それから後この老主婦に子というものは無かった。養子であり、この温泉宿を隆盛にするに功のあったその主人も十数年前に亡くなった。

一日、私たち親娘は廊下でぱったりと老主婦に出会った。老主婦は
「これからお座敷へ行こうと思っておったところです。」

と云った。私は
「これから御機嫌伺いにあなたの御部屋に行こうとしたところでした。」

と云った。三人は笑った。それからそのまま廊下の腰掛に腰を下ろして暫く話した。この廊下は昔老主婦が赤ん坊に空を見せてホーホーと言っていたところであった。

私は「このうちも随分お広げになったものですが、今建坪はいくらありますか。」

と聞いた。

「さあいくらありますか。」

と老主婦は暫く考えて居たが、

「一寸お待ち下さい。」

と帳場に行って番頭と話して居た。それから戻って来て、

「千四五百坪だという事です。」

と云った。老主婦はその主人と心を合して先代の負債を返す事に努力した許りか、風呂

場を拡大し、客室を改築し、今の立派な温泉宿に仕立上げたのであった。
三人はそこの腰掛を離れて話しながら廊下伝いに池の繞《めぐ》りの沢山の部屋を見て歩いた。一番奥まった所に在る部屋は十畳二タ間に次の間が六畳、それに便所、湯殿、玄関、まで附いていた。そこを「龍田」の間と言った。吉右衛門は生前よくこの宿に来た。そうして一家眷族でこの「龍田」の間に逗留した。ここは一家族が住まえる程の広い間取りである。

吉右衛門といえば私が三十六、七歳の頃、立子が六、七歳の頃であったか、私等は池に面した「雪の四番」という部屋に一家全体が来ておった事があった。その頃池の向う側の「霞」の二階に吉右衛門の一家が来ているらしかった。吉右衛門には逢わなかったが、吉右衛門の姉さんのお葉さんというのが障子を開けて池を見ている姿をちらと見た事があった。吉右衛門の弟の米吉(今の時蔵)がこれも十二、三の頃で、尻を高くかかげて、チンボコを出して池の鯉を追っていた姿を覚えて居る。
その吉右衛門がその後も何かにつけて
「新井屋の姉さん新井屋の姉さん」

といっていた事が耳に残っている。その事を老主婦に聞いて見た。老主婦は私に並んで「龍田」の間の中床に腰をかけながら話した。その話というのはこうであった。

藤村という待合が日本橋にあった。その待合に昔おつるさんがニコライの学校を卒業して間もなく、同じ客商売であるということから見習いにやられて居った。その藤村のお神さんというのは吉右衛門一家がひいきで、よく吉右衛門も遊びに来ていた。お神さんは吉右衛門やおつるさんを引連れてお詣りなどに出かけた。その頃の吉右衛門は子供あがりであったので、「吉《きっ》ちゃん吉ちゃん」と呼び、吉右衛門はおつるさんを「新井屋のねえさん」と呼んでいた。

吉右衛門は神鳴りが嫌いで、この新井屋に滞在して居る時に大雷が鳴った。忽ち蚊帳の中に這入って息をこらしていた。その蚊帳の中に這入った仲間に遠藤為春《えんどういしゅん》氏もあった。此処から見える川向うの孟宗の真青な竹林を見て、おつるさんはそれに丹精をした亡き夫を想い出したようであった。すべてこの辺の建築はその主人の設計になった。桂川の水も矢張り「龍田」の間の庭の一景としてその川底の石の布置を変えた。それも皆先主人のしたことであった。その先主人は十年程前に亡くなり、吉右衛門も最近に亡くなった。立子も娘の早子を連れて来た時に、吉右衛門は丁度この「龍田」の間にいたのであった。

三人は昔話をしながら其処を離れなかった。その裏の高みにある四角の堂は何が祀ってあるのかときいたら、それは観音が祀ってあるのだそうな。

「行って見ましょうか。」

と老主婦は元気に言ったが、私は立たなかった。

「今日はお天気がよかったので、よく働いた。すっかり掃除をして洗濯までした。」

と、ふとおつるさんは立子を顧みて言った。そうして言葉をついで、

「洗濯した事なんか、お母さんにいわない方がいいよ……お母さんが羨しがるからね。」

と言った。

この桂川の上流に川端龍子画伯の別荘があって、この前来た時に立子と共に折柄ここにいた龍子画伯を訪問した事があった。茅舎《ぼうしゃ》の墓がまた近処の山の上にある事を思い出した。が、其処にゆくには大変な急坂を登らねばならぬという事であった。私はその墓石を想像しながら行く事を思い止まった。

冬山路我をはばみてゆかしめず

虚子

（二十九年十二月記）

有島海荘、宝文会

宝文会という宝生流の謡を謡う文学者の会合はその後一度案内を受けたことがあった時に不参したために、その後案内もなく、その消息を聞くでもなく過ぎ去っていた。ところが、高橋進君の話に、私の受章した、と云うことを機会に、今度は同じ鎌倉極楽寺の有島生馬《ありしまいくま》邸で、この前の通り私や安倍能成、野上弥生子を客として催して見たいという計画があり、十二月の十五日に極ったということであった。私はこの頃多忙であってこの日も朝早くから人が来て昼まではほとんど暇がなく暮らしたのであったが、漸く昼過ぎにその用事を片附けて、真砂子と立子を帯同、謡本を揃えるや否やそれを風呂敷にくるんで取るものも取りあえず出掛けた。謡扇子や見台を忘れたことも車の中で思い出した。

生馬氏とは親交があるというわけではないが古くから知合いであった。その姉弟の山本夫人、高木夫人、里見弴《さとみとん》氏等とも面識があり、殊にその御両親とは鎌倉の能舞台で知り合って居る間柄であった。そうして同じ鎌倉に住まって居るのであるからもう少し親しくなるべき筈であったが、職業が違うところからそうもならずにいたのである。が、今年一月に宝文会の諸君が草庵を襲われた時に、有島君もその一員であった事から何処となく親し味を感じて居た。

車は宅を出て間もなく砂子坂の有島邸の門前に着いた。有島邸が極楽寺に在るという事はかねがね聞いていたが、こんなに海岸近くであろうとは思わなかった。二人の娘に手をとられて急な石段を登ると西洋画家の住み家らしい木造の洋館建の家があって、そこに進君や生馬氏の顔が見えた。其処に上ってスリッパをはいて、この前宅に見えたことのある既に集まっている三、四の会員に目礼をした。それから生馬夫人にも挨拶をした。夫人は初対面かと思ったが見覚えのある顔であった。奥まった椅子に腰を掛けて居るのは能成君であった。その隣の椅子に腰を下ろした。能成君は昨日水上温泉に行って一泊して、今日ここへ直接来たのだと云った。

間も無く川瀬一馬氏(青山大)の十郎、渡部良吉氏(岩波)の五郎、那須辰造氏(仏文学)の母、有島生馬氏のトモの「小袖曽我」が始まった。

そこへ野上弥生子さんも見え、佐藤芳彦氏(宝生会、宝文会幹事)等も見えた。

次は能成君が帰りを急ぐので「摂待《せったい》」になった。私は扇子を弥生子さんに借りて、寒いから羽織を着たままで、見台のかわりの円い台の前に坐った。私がシテ、能成君がワキ、判官が真砂子、子が立子、兼房が那須辰造氏、鷲尾が佐藤芳彦氏、男が渡部良吉氏であった。すんだ後で弥生子さんは私の謡を評して

「八句に余る老媼という感じが出ておった、これは謡が旨いというわけではない、人《にん》に合っているからである。」

と言った。一座の人は皆笑った。私も笑った。

次は「朝長《ともなが》」、米川正夫氏(ロシヤ文学)シテ、有島氏ツレ、菊池武一氏(国学大)ワキ、市村宏氏(東洋大)ワキツレ。

次に「三井寺」、弥生子さんシテ、子方佐藤氏、ワキ渡部氏、ワキツレ那須氏。

次に「猩々《しょうじょう》」、渡部氏シテ、菊池氏ワキ。

「三井寺」のなかばに能成君は帰った。

あとは一同食堂に移り食卓を囲んで盃を挙げ西洋料理の御馳走になった。私の勲章拝受について「お目出度う。」という言葉が出るたびに、「有難う。」と答えるのであった

が、それより前に私は、

「私のお祝は十一月で済んだ事になるので、もうお祝ということはやめて貰いたい。」

と、この会の幹事である佐藤君にも断り、有島氏にもそう言った。有島氏は、

「あなたのお祝ということにすると、人の集りがいいから。」

と云った。お料理は仏蘭西料理か何料理か知らないが、娘さん達御家族の御手料理に、更に玄人のものもまじっていたようでおいしかった。お調子も屢々《しばしば》かわり、またビールの栓も抜かれた。米川氏は、

「宝文会に第一宝文会、第二宝文会というのがあります。」

との事であったので、まだこの会員の他に別の会員が有るのかと思った処が、やがて柿本人麿の歌の朗詠がはじまりいろいろあって、遂に近頃流行とかの「おとみさん」まで出た。これが第二宝文会である事が漸くわかった。私にもなにかやれとの命令が米川氏から出た。第二を知らない私はこの前東京会館で謡った「鞍馬天狗」をまた謡った。が東京会館の時よりもまずかった。

弥生子さんはこの席上でもまた繰り返して私の謡を評した。「この前の「鸚鵡《おうむ》小町《こまち》」きょうの「摂待」は、なるほど老朽ちた小町や摂待の老母などはああいうものであろう

と思われた。別に謡がうまいというのではないが、そのままその物になっていた。その他の謡はどうか知らんが。」

一座の人々は皆笑った、私も笑った。

さっき夕日が沈むときは真っ紅に雲が染って、それが松林を透かした海に映って、如何にも海岸の画家の家である事を思わしめた。しかし、今は夜もようやく更けて、真っ暗な闇の中に浪音のみが近くきこえた。進君等が態々手を取ってくれて暗い石段を下りて、弥生子さんと共に、真砂子、立子の四人は自動車に乗った。

謡が好きと人にいわれている虚子の自伝はこれで一応終りとなった。

（二十九年十二月記）

余　録

遍路の一

私の幼い目に映ったものの一つに白い道があった。其処をまれまれに人が通って行った。それ等の人は皆同しように両手を振って通って行った。その中に菅笠をかぶって、杖をついて、草鞋をはいて「南無大師遍照金剛」と称えて歩いて行く遍路というものもあった。それには男もあり女もあった。

私の生家池内の家は、その道のそばに在った。遠く離れたところには村があったが、周囲はただ畑ばかりであった。その畑の中に四軒同しような家が並んで建っておった。その四軒の家の北のはずれが私の生家であった。私が生れて間も無くこの柳原の西《にし》ノ下《げ》に郷居したのであった。

幼い私の目に映ったものは我家の父と母と祖母と兄と嫂であった。他の三軒の人とは後には親しくなったが、はじめの間は知らなかった。表に出て遊ぶというようなことも少なかった。

けれどもこういう話がある。

一人の若い女の遍路があった。それが表で遊んで居る私を抱き上げた。そうして四軒の前を通りすぎて、里人が大川と呼んでおる川に架かっておる土橋の上に立って居た。その時、土橋の向うに在る部落の娘が通りかかって、その子供が私であることを知って、その遍路の手から引取って家へ届けた、という話である。

これは私が物ごころがついて後、私の母が話したことであった。その若い女の遍路というのはどういう女であったのか。その部落の娘というのがどういう娘であったのか。それ等について母は私に何も話さなかった。ただ母は附け加えて言った。

「その遍路はおおかた子供を亡くしてその為に四国遍路を思い立ったものであろう。そうしてたまたま自分の死んだ子によく似て居る子供に逢ったので、抱き上げて大川の橋の上まで行ったのだろう。娘が来合せたのでよかった。どこに連れて行かれるか分らなかった。」

そう母は言ったが、私はその遍路がなつかしく思われた。

その大川の堤に一本のずばぬけて大きな松が立っておる。この松は私がおぼえてからでも既に八十年の月日が経っておるのに、今見る松も、昔見た松も大きさに変りはない。およそいくらの星霜を経ている松か。

（三十年一月三十日）

遍路の二

大川の堤のこの大松の下に一つの小さい大師堂がある。その大師堂の裏に一間たらずの御影石の墓柱が二本立っていた。まっすぐには立っていないで、両方とも少し傾いていた。その一つには「阿波の遍路の墓」と彫《きざ》んであった。他の一つの方にはなにが彫んであったか覚えて居ない。あるいは何も彫んでなかったのかもしれぬ。

私は数え年八つの齢までこの西ノ下に居た。八つの年の子供の目にこの「阿波の遍路の墓」という文字が読めたものか。あるいはその後もときどきこの郷居の址をなつかしく思ってこの地を訪ねたことがあるので、その時に目に残ったものか。

不思議だという程ではないが、この「阿波の遍路の墓」という文字は、どういうものだか私の目にやきついている。その石の柱が、少しかしいで立っていた容子までまざまざと目に浮ぶ。

ところが後ちになってわかったのであるが、この辺の里人は少しもそれを知らなかった。里人が知らない許りでなく、私が幼い時よりこの大川の堤で一緒に遊んでいた竹馬の友の荒川の孝さんもそれを知らなかった。

孝さんが松山市外の三津ケ浜という所に住まって居た頃であった。東京から暫《しばらく》ぶりに帰省した私は、孝さんと西ノ下に遊んだ。この竹馬の友と語りながら昔の記憶を辿ってこの大川の堤の大師堂のほとりに立った時に、ふと見るとこの「遍路の墓」の柱石が無い。不思議に思って其処に来ておった柳原村の郵便局長の豊田という人に、

「どこかへ移したのですか。」

と私は聞いてみた。郵便局長は、

「さあ、そんなものがあったのですか。」

と云う返辞であった。

「僕も覚えがない。」

と孝さんも云った。よく見ると大師堂は新らしく建ち変ったらしく、昔の雨風にさらされた古い建物とは変っていた。またその大師堂の傍に一つの新らしい小屋が建っていた。それは漬物小屋だと郵便局長はいった。この西ノ下というところは、「西ノ下大根」と称えるいい大根の産地であって、その大根を沢庵漬にしたものが松山あたりにも出されている。さては村営の漬物小屋がここに建ったのかと思われた。大師堂を改築し漬物小屋を建てるために「阿波の遍路の墓」も、その隣にあったも一つの碑石も取り払われたものか、あるいはその下敷にでもなったものか。孰《いず》れにせよそれが無くなってしまっていることは無残にも空虚な感じであった。私は郵便局長に、早速それを捜索するように頼んだ。

何故に荒川の孝さんや郵便局長などがこれを知らなかったのであろうか。そうして何故に私のみが知って居たのであろうか。

「阿波の遍路の墓」はその後ち年が経っても郵便局長からはなんとも言って来なかった。そうしてその後郵便局長も死に、荒川の孝さんも死んだ。最近村役場に勤めて居る河野悦次という人からも、「いろいろ捜して見るが見当らない。」ということを言って来た。

わざわざ里人が「阿波の遍路の墓」と書いて、そこに墓碑を立てたということには何等かの哀話があるのであろう。ただ、郷国が阿波とだけで、その姓名の無いことも、また寺の墓地に葬られずにこの大師堂の傍に葬ったということも何か由ありげである。

第一その墓碑は何時頃のものであろうか。墓の文字から推量すると新しい時代のものではなさそうだ。私が生れる前のものか。あるいはもっとずっと古いものか。

第一その遍路というのが男であったのか女であったのか。それさえわからない。何事もわからない。ただ阿波という郷国だけがわかっているのである。

多分遠い昔の話であろう。ただ大師堂のそばに「阿波の遍路の墓」という粗末な碑石が土地から抜き出たように立っていて、私はそれを知っていたが今の人は誰も知らない。殊にそれが今は無くなっている。

（三十年一月三十日）

房《ふう》さん

私がものごころついてからは、独り母の顔のみならず、独り門前にある白い道のみならず、東に聳えておる高縄山や、西に日の沈む穏やかな海などもだんだんと知るようになって来た。

少しく大きくなって来てからはこんな記憶もある。それは私の隣の家が前原という家であって、そこにふうさんと云う女の子があった。それは私と同年であって私よりも強かった。私は多くこのふうさんと遊んで居た。何事をするにもふうさんの方が先に立ってした。悪いことをするのもいつもふうさんが先きであった。大川に水しぶきをあげ、泳いでいるのもふうさんであった。私は岸に立ってそれを眺めていた。少し離れている所に部落が在った。そこの子供がよく石を投げて闘いをいどんで来た。それに応戦して石を投げかえすのもふうさんであった。私はあとの方に立ってそれを見て居た。あるとき、そのふうさんがひどくそのお母さんに叱られたことがあった。私とふうさんは前原の家の庭に立って居た。縁に居るお母さんはふうさんをつかまえて上に引上げ、縁側に引き据えてお灸を据えた。ふうさんの丸い尻からは煙が上った。私は義憤を感じて其処にあった棒を振り上げてお母さんを打とうとした。そうすると傍にいたふうさんのお父さんは忽ち声を荒らげて私を叱りつけた。私が他人に叱られたのはこれがはじめてであった。その時のそのお父さんの顔は今でもよく覚えて居る。

私は八つの年にこの西ノ下を去ったのであるが、その頃のふうさんの記憶はあまり無い。が、ずうっと後になって私が東京から国に帰って兄の家に行った時分に、兄は私にこんな事を云った。

「前原のふうさんがこの間突然やって来た。亭主であろう一人の男と連れ立って来た。別にこれという話もなかったがしきりにお前の居所を聞いていた。わざと居所は教えずにおいた。」

私は云った。

「ふうさんが来たのなら逢いたかった。」

それから今日までふうさんの音沙汰は無い。兄はとっくに死んだ。ふうさんは私と同年であった。今年まで生きておればやはり八十二の婆さんである。

（三十年一月三十日）

高浜の彦さん

「高浜の彦さん」と呼んでいた。それは高浜直系の跡取りに成るべき人であった。けれどもその父も素行が修まらなくて、親類預けとなって居て、その上若死にをし、その一子の彦さんは、これも幼少の頃から親戚の厄介になり、素質もよくなかったので、その大伯母に当る私の祖母と父と相談して、跡取りには不適当なるものとして分家さし、私を高浜家の跡取りと定めた。

私が五、六歳の時であったか、彦さんは私の家に来て居た。何事があったのか知らなかったが、父は座敷に彦さんを呼んで、大刀をその前に置いて何か云って居た。彦さんは黙ってうつむいて居た。ただならぬ様子だと思って私は立ちすくんでいると、

「お前はあちらへ行っておいで。」

と父は私に云った。後で聞く所によると、父は彦さんに「切腹しろ」と云ったらしい。

「切腹も出来ん、卑怯な奴だ。」

と父は後で云って居た。

彦さんが私を連れて大川の堤の大松の下の大師堂のほとりに遊びに行った。それは夜であった。そうして私に松虫を取ってやるから、火吹竹を取って来いと云った。私は走って帰って火吹竹を持ってまた走って堤まで行った。何処を探しても彦さんの姿は見えなかった。帰ってその事を報告すると騒ぎになって、兄は車でその後を追った。粟井坂で追いついた。彦さんは別に抵抗もせずに素直に連れられて戻って来た。

その後何十年経ったか、彦さんは突然私の前に現れた。それは私の帰省している時に、親戚を通じて面会を申込んで来たのであった。逢って見ると、もう相当の老人になって居て、世話をしてくれる老婦人との間に一人の男の子があり、松山の片ほとりにささやかな生活をして居るとの事で、ただ私に何とかして一度逢い度いものだと思って居たが、これで満足したと云った。切り口上で挨拶をして親しみを感ずる事が出来なかった。

その頃は私の生家は、祖母、父、母はもとより、兄も嫂も死んで居た。ただ私の次男友次郎がそのあとをついで東京に住んで居た。私は生家の父の命により高浜の役目を継いでは居るが、高浜の跡取りとしての執著《しゅうちゃく》は少しも持って居なかった。彦さんが高浜の直系でありながら日蔭者らしく振舞って居るのを気の毒に思った。さりとて今更どうする事も出来なかった。その後二、三年して彦さんは死んだ。その後また帰省した時に、高浜の菩提寺に行って見ると、彦さんの父の墓の下に彦さんを葬ったものらしく、掘り返えしたらしいあとがあり香華を手向けた跡がまざまざと残っていた。

（三十年一月三十日）

粟井坂を越え

私の父はどういうわけで柳原村の西ノ下と云うような所に郷居したのであろうか。兎に角、家禄というものを当てにして衣食しておった者が、俄かに藩が廃せられて忽ち今日から職業を失った。どうして衣食して行こうか、これが維新の時に志を得た藩であったならば兎も角、徳川方であって、しかも土州勢や長州勢が入り込んで来て城下の誓をさされた藩であって見れば、藩中一同が呆然自失してしまったことは想像される。多少算数に明るかった者は商人に転向した者もあったようであるが、多くは融通の利かぬ人許りであったので、昔の武士が志を得ぬ時農樵となって山野に隠れた故知に馴《なら》い一に帰農を思い立ったものであろう。それは分るとしても、何の縁故があって風早の西ノ下という地を選んだのか、その理由は、幼い耳になにも聞いたことがない。が、察するところさきに其処に移転した佐伯、荒川というような人々に誘われて、たいした理由もなしに其処に極めたものであろうかと想像される。そう推量するわけは、大師堂のある大川の堤のすぐ下が佐伯と云う家であって、それから北に荒川、前原、池内という順序で、池内という私の家が一番あとで引越して来たという話を聞いた。そうして私の家は堀江村と云う漁村に在った家を買い取って、船で運んで来て其処に建てたものであるという話であった。漁村に在った家だといっても漁師の家ではなくって、門を入ると土間であって、小商いでもして居ったかと思われるような家であった。この家についての記憶は、私が何歳の頃であったろうか、大嵐が吹いて屋根からは盛んに雨漏りがして、母や新婚当時であったろうと思われる嫂などが傘をさして座敷を往来しておった事を覚えておる。

兎に角ぞんざいな普請の家であったのであろう。また、後日、なにかの抽出しから菊の形をした焼判が現れて来て、それは母が、遍路などが門を通る時に一杯の茶を所望することがある、その時に「お焼き」と称える焼餅を、平らべったい鉄の鍋で焼いて、若干の賃を取って、それを遍路に出す、その焼餅の上に捺す菊型の焼判であることが明らかになった。門を入ると土間が広かったのでそんな事を思いついたものか、あるいは女手にも乏しい収入を計ったものか。もとよりそれは計画倒れで永くは続かなかったものであろう。ただ私はこの店の上《あが》り框《がまち》に腰掛けて居る母の膝に両足を拡げて乗っかって、表を歩く遍路の様々な姿を見送ったことだけを覚えて居る。

父はたいした思慮の結果でもなく、人々に誘われてこの地を選んで帰農したものであったのであろうが、それは我等兄弟の運命の上に大きな影響を与えたことになった。嬰児の時、松山からこの地に移った私に初めて目に映った天地は、東に聳えている高縄山、それから昇る月、北に風折烏帽子を並べたように立っておる恵良《えりょう》、腰折《こしおれ》の二山。また、その山脈が海中に延びておる鹿島、西の海には点々と亙っておる千切り、小鹿島、並にその海に没する入日、また大川の堤、大師堂、大師堂の松、それ等の事はなんでもないことのようであるが私の生涯に大きな影響を与えているともいえる。後年見た富士山や、浅間山や、印度洋や、アフリカの沙漠や、スエズの運河や、長靴の形をした伊太利半島や、巴里を流れるセーヌ河や、地上に二枚の石が並べて敷いてあるに過ぎないグリニッチ天文台の経度の標識や、それ等のものに較べて見て、それ等のものにもかなり深い印象を受けたが、それ等よりも心の底になお深い深い陰翳を漂わせておる。

私と二十も歳の違う長兄は、早く家を守るべき嫡子として存在しておった。これよりさき荒川のおばさんと称えておった兄より二、三歳年上の隣家の人が、村の女の子を集めてお針の師匠をして居た。侍の家の若い嫁さんがお針子をとるというので村の娘子等は競うて集って来たものであった。その中の一人の娘を荒川のおばさんは兄の妻に選んだ。それは維新後まだ日の浅い村の娘として文字の教養は乏しかったがしかしながら先ずお針子の中では才色のすぐれた方であった。それは私の祖母には母よりも気に入って、家の乏しい経済を守って行く適当な人と定められた。この事も種々な意味において兄の運命を定めた事になった。

私は算え年八歳の時、松山に帰ったのである。がその前、長兄が教師がわりに鞭を執って居た私塾のようなもの、其処には私より一、二歳年上の荒川の孝さん、佐伯の準さん等も生徒として籍をおいて居たが、そこに四、五回つれられて行った。私も学齢に達したのでこの儘放って置くわけにも行かず、父や兄はいろいろ評議を重ねておったものだろう。そうしてこの児の教育の為めにも遂に松山に帰ることになったものであろう。

私は父と父の友達の永野九左衛門と云う老人と二人で、一日松山に行った事がある。これは私のもの心ついてから松山に行った一番最初であったように思う。父は幼少の私に一度自分の半生をそこで送った松山の城をも見せたかったものであろう。柳原という隣村にただ一人ある車夫をたのんで私を乗せ、自分や永野の老人は歩いて行った。父や永野の老人はときどき私を膝に乗せて替り合って俥に乗ったこともあった。丁度道の半ば頃に粟井坂という坂がある。其処は低い山脈の海中に沈んでおる所であって、道は自然その山を越えねばならぬことになっていた。其処を通る時は父も九左衛門老人も二人共俥の後《あと》押《お》しをして通った。もっともこの粟井坂も今は新道が出来て、海岸伝いに自動車も通うようになっておる。

この粟井坂を俥で越えた時の記憶は、最後に松山に帰ったときでは無かったろう。それより前のことであったろう。旧藩主を祀った城山の中腹にある東雲神社に春秋二季に能の催しがある。その時に父に連れられて帰ったものかと思う。父はその催能の地頭を勤めておった。九左衛門老人も地謡の一人であった。共に旧藩時代から君侯のお相手をした仲間であった。父は旧藩祖を祀ったこの東雲神社の能楽に出る為め春秋二季松山に帰ることをただ一つの楽しみとして居たらしい。

（三十年二月二十二日、八十二回誕生日）

「惟る御生涯や萩の露」

——始めはあなたに宛てた手紙の積りで書き出したのが遂に文章体になってしまいました。宥恕を乞う。　桐野《きりの》花戎《かじゅう》様——

御手紙拝見しました。そんな事を私が以前申上げたことがあるのか、全く忘れて居りました。しかし御手紙によって、何か申上ぐべき事があったのだろう、と考え直して見まして、筆をすすめてみることにします。

真野幸右衛門と云うのは私の外祖父山川市蔵の事で浪人してから名前を変えたものと思います。何故に浪人したかと云う事は、はっきりは分りませんが、藩侯の御供をして京都に行っておったのが、伏見、鳥羽の戦争が始まるというので、京都に滞在しておった松山勢も鳥羽に出陣する事になった。その時、どうした事か市蔵は出陣に間に合わなかった。その為めに浪人するようになった。それは何の為めに出陣に間に合わなかったのかその事は分らない。病気の為めであったのか、厭戦思想の持主であったのか、兎に角その頃武士が出陣の間に合わないと云う事は大変な恥辱でもあり、また無責任でもあったので、止むを得ず浪人という厳罰に処せられたものである。

私が冗談半分に遊里に耽溺しておったものかも知れず、またその妻が色の白い女であったという所からあるいは遊里の女ではなかったのかと、昔従弟の山川省三に話した事があったのを、従弟大いに怒り、御祖母さんに対してそう云う事をいうのはけしからん。御祖母さんは大垣藩の家老の娘であったと云った事があった。家老の娘と云うのも当てにならないが、兎に角そんな笑い話のあった事を何か文章の端に書いた事があった。その為めであろう。山川市蔵の妻、即ち私の祖母に当る人は京都の遊里の女であったという風に山岡酔花《やまおかすいか》氏は何かに書かれておった事があったように思う。

私の母は、その市蔵の長女、山川通詮はその長男、この二人の子を松山に遺して浪人して他郷に流浪したものであるから、これは矢張り松山に居る時に結婚したものであったろう。その辺の事はすべて明らかでない。

最近、思わぬ所で年尾が聞いて帰った話であるが、山川市蔵は浪人してから暫く宇摩郡の土居村におった事があった。その事は私も聞いておった。その土居村におった時に斎藤(煙村)——盛岡鉄道建設局員——という人の先祖の家に世話になっておった。其処で寺子屋でもして口過ぎをしようとしたのであったが、余り寺子もつかなかったので、其処を去って西条に赴く事になった。その時暫くその家に厄介になって居った謝礼に一口の大刀を置いて去った。そうしてまた時が来たならば取りに来ると云って居ったそうであるが、遂に取りに来ずそのままになってしまった。その剣は今なお、その家に存しておる、とか云う話であった。

西条の田舎に移ってから、其処で寺子屋をして、其処では大変里人に親しまれて遂にそこで死に、その里人に厚く葬られたのが即ち現在の残っておる真野幸右衛門、並にその妻の墓である。

維新前は無論松山城下に立ち入れない者であったろうが、維新後は二子、即ち私の母と叔父の二人は松山におったのであるから、それを尋ねて帰って来た事があるのかも知れない。が、私は一向そんな事を耳にしなかった。私の叔父は若い時分にその父母の許を尋ねた事があるのかも知れない。が、私の母は勿論尋ねた事もなかったろう。

私の母は山崎闇斎派の漢学者、終始娶らなかった、松本何某の養女同様になって、小さい頃から父母の許を離れて淋しい漢学者の家庭に人と為ったのであった。明け暮れ書籍に対しておる一老学者の許にあった為めに、母の教育は偏頗《へんぱ》なものであったろう。家庭婦人としては祖母から圧迫を受けて、多少苦しんだこともあったように聞いておる。

叔父山川通詮は浪人の遺子として充分な教育も受けられず哀れな生活を続けて居ったようであるが、そのうち倅の省三と共に朝鮮に渡って何か仕事にありついた。私は始めて朝鮮に遊んで大邱に行った時に叔父一家に迎えられて、暫く振りに対面した事があった。一家は先ず食うに困らぬ位の暮しをしておったように思う。

今山川姓を名乗っておる者には省三の甥に当る山川通孝という男があって、それは戦後まで朝鮮に居ったが、今は引揚げて内地におる。これ以外の者は知らない。山川歴代の墓は松山湊町の円光寺という寺にある。

私の父池内荘四郎政忠は謡曲、和歌を嗜んだが、もともと武芸、今日で言えば、スポーツの方の側の人であった。若年にして九州四国を武者修行をして経めぐり、後ち藩の剣術監になった。また島国の武士として水練、今日でいえば水泳の選手でもあった。また祖父三郎右衛門政明即ち山川市蔵の弟であって池内へ養子に来た人も武芸一途の人であったらしく、兄山川市蔵は能の鼓に堪能であったと聞く。要するに市蔵という人は武骨の人で無くって文弱の人であったものか。(因に私の父母はいとこ同志であった。)

余談が長くなったが、昭和十三年の末、川之江の井川木仙子君を労して探し出し、はじめて飯岡村の秋都庵に眠っておる真野幸右衛門夫妻、即ち私の祖父母、山川市蔵夫妻の墓に詣り、後ち其所に句碑を建て度いとの山岡酔花氏の意を受けたことについては、その不遇の生涯を思い、多少の涙なきを得ない。今句碑が建ち、諸君の情けによって新しく、香華の手向けられるであろう事は誠に喜びとしなければならぬ。その句碑の除幕式に際して私も参列すべきであるが、老年の事であるので、倅、年尾、姪、今井つる女が代って行く事になっておる。故酔花氏並びにその志を継いで完成して下さった桐野花戎氏の好意をここに深謝する。

(三十年二月二十四日)

俳句

今度「ホトトギス」が七百号になる。その記念会を五月三日に催す事になった。倅の池内友次郎が作曲し、その家内の芳枝が歌い、安川加寿子さんがピアノを弾いてくださるとの事である。それについて私の俳句、四、五句をよこしてくれと、友次郎が云って来た。「五百句」、「五百五十句」、「六百句」、「六百五十句」の中から仮に五十句足らずを抜いて、そのうちから選み出して呉れと云ってやった。それ等の句を書き抜いたのは別に大した意味はない。ただ作曲の材料としてどういう句が適当しているか覚束なかったからである。

はじめ「遠山に」の句に一寸感想を付け加えてみた。それが因になって、ことごとくの句に何らかのものを付け加えた。これは無くもがなの事であったかもしれぬ。

昭和三十年三月

遠山に日の当りたる枯野かな

明治三十三年。
この句によって私の句境がほぼ定ったように思う。

芳草や黒き鴉も濃紫

明治三十九年。
春の草を草芳しという。鴉の黒いのを濃紫といった。

春風や闘志抱きて丘に立つ

大正二年。
暫く黙っておる間に、俳句界があらぬ方向に進もうとして居た。
私は闘わねばならなかった。

時ものを解決するや春を待つ

大正三年。
慌てる事はない。待っておるがよい。冬の寒さを堪え忍んで静かに春を待つが如く。

流れ行く大根の葉の早さかな

昭和三年。
小川に大根の葉が早く流れているということ。天地流動の一端を切り取った感じ。

我れの星燃えてをるなり星月夜

昭和六年。
広大無辺な天体の中の一つの星。それが自分だ。それが燃え立っておる。

芭蕉忌や遠く宗祇に遡る

昭和十一年。

俳句は芭蕉から初まると云ってもよい。しかし芭蕉以前に芭蕉に似た宗祇という連歌師もあった。

その人の事も忘れてはならぬ。

稲妻を踏みて跣足の女かな

昭和十二年。

絶え間なき稲妻を浴びている地上。

その上を歩いて行く跣足の女。

呪いの女か。

箱庭の月日あり世の月日なし

昭和十三年。

箱庭という一つの天地。其処の月日は別にある。この人世の月日とは別個のものだ。

秋風や心の中の幾山河

昭和十三年。
曽て旅行をした幾山河。今は心の中の幾山河。

右手《めて》は勇左手《ゆんで》は仁や懐手

昭和十三年。
我が右手は勇の象徴。左手は仁の象徴。静かに懐手をしておる。

春雲《しゅんうん》は棚曳き機婦《きふ》は織り止めず

昭和十四年。
機上にある女はいつまでも織り止めない。空には春の雲が棚曳いておる。そういう世の中。

祖《おや》を守《も》り俳諧を守り守《もり》武《たけ》忌《き》

昭和十四年。
俳諧の鼻祖といわれるのは山崎宗鑑、荒木田守武。
祖先を軽蔑するものを憎み、俳諧を乱すものと戦う。守武忌を修す。

一日もおろそかならず古暦

昭和十四年。
一年中、一日もおろそかな日は無かった。

秋晴や心ゆるめば曇るべし

昭和十五年。
自分の心が緊張している。天もまた晴れている。この心が少しでもゆるんだら天もまた忽ち曇るであろう。

老い朽ちて子供の友や大根馬

昭和十五年。
その昔は乗馬として鳴らした事もあろう、今は大根馬として多くの子供の嬲物となりまたよき友である。我もまた。

嘶きてよき機嫌なり大根馬

昭和十五年。
大根を積んで運ぶ位の駄馬であるが、たまたま高嘶きして上機嫌でいる。我もまた。

懐手して論難に対しをり

昭和十五年。
人が議論をふっかけて来る。黙って懐手をしてその議論を聞いておる。

山辺《やまのべ》の赤人が好き人丸忌

昭和十六年。

歌聖人丸の忌日につけても思うのであるが、自分は人丸よりもむしろあの天然詩人山辺赤人が好きである。

夏潮の今退《ひ》く平家亡ぶ時も

昭和十六年。

嘗て赤間ケ関に舟を浮べて、寿永の昔、源平の戦の有様を想像して見た。源氏は関門の烈しい退潮を利用して一気に平家を撃破したのであった。その時も丁度烈しい落潮時であった。

山川に独り髪洗ふ神ぞ知る

昭和十六年。

山川に一人の若い女が肌を脱いで髪を洗っておる。誰もそれを見ておる人はいない。ただ神様が見ておる。

惨として驕らざるこの寒牡丹

昭和十六年。

蕫苞を割ってみると寒牡丹がひそやかに笑んでいた。また惨として驕らざる陣営の如き凜々しさ。

萩を見る俳句生活五十年

昭和十七年。

俳句に携ってから五十年になった。今自分は静かに萩の花に対しておる。

天地《あめつち》の間のほろと時雨かな

昭和十七年。

天地の間にほろほろとこぼれた時雨。俳人のみこれを知る。

法外の朝寝もするやよくも降る

昭和十八年。

朝寝をするといっても、並大抵の朝寝では無い。春雨は晴るる間もなくよくも降る。

障子しめ自《じ》恃《たい》庵《あん》とぞ号しける

昭和十八年。

障子をしめて籠っておる。たわむれに自恃庵と号をつけた。何者にもわずらわされず何者にも動かされず、ただ自ら恃む。

鶏にやる田芹摘みにと来し我ぞ

昭和二十年。

小諸の山廬を出て、田芹を摘みに野に出た。これは鶏に食わす為めである。その時の我。

山国の蝶を荒しと思はずや

昭和二十年。
山国！　其処を飛んでいる蝶をも荒々しくは感じないか、と後ろを歩いて来ていた年尾、比古をかえりみた。

大根を鷲づかみにし五六本

昭和二十年。
五、六本の大根の茎を鷲づかみにつかんで此方へやって来た。

冬籠心を籠めて手紙書く

昭和二十年。
手紙を書く。それには自分の心を傾け尽して書く。冬籠の一日。

風の日は雪の山家も住み憂くて

昭和二十一年。

雪は積るにまかして静かに住っておる山家。が、一旦風の日となると騒々しく、その山家も住み憂い感じ。

有るものを摘み来よ乙女若菜の日

昭和二十一年。

人日は五節句の一つ。この日は七種の新菜を採って羹とするならわしである。が、乙女等よ、七種が揃わなくてもよい。あるものを摘んで来ればよい。山家住居。

蝶飛びて其あとに曳く老の杖

昭和二十一年。

適意、漫歩。

冬籠われを動かすものあらば

昭和二十二年。

冬籠をしておる。尻が畳にくっついて梃子でも動かない。が、もしこの己を動かす強力なものがあれば尻を上げないものでもない。

寒燈下所思を認め了したる

昭和二十二年。

寒燈下に縷々と自分の思う所を認めた。認め終った。その時の心持。

惨として日をとゞめたる大夏木

昭和二十二年。

将軍の陣営の旌旗が惨として驕らざるが如く、大夏木が鬱然と聳えて日をさえぎっておる。

悔もなく誇もなくて子規忌かな

昭和二十二年。

私の生涯に大きな影響を与えた子規の忌日には、何時も若干の所思がある。この年の子規忌は小諸で修した。子規の霊に対して、別に悔ゆるところもなく、また誇るところも無い。

恵方とはこの路をたゞ進むこと

昭和二十二年。

恵方ということがいわれておる。自分の恵方は今まで進んで来た道をただ真直ぐに進むこと。

海女とても陸こそよけれ桃の花

昭和二十三年。

海女達が海底の作業を終えて、やがて陸で休んで、麗らかな日を浴びて談笑している様はなかなかに哀れだ。向うの島蔭に桃の花が美しく咲いていた。

何事もたやすからずよ菜間引くも

昭和二十三年。
菜を間引くという些細なことにもまた熟練を要する。

秋天にわれがぐん〳〵ぐん〳〵と

昭和二十三年。
秋の高い空に登って行く事を考えた。自分の身体が自分を離れてぐんぐんぐんぐんと登って行くのが見える。

大紅葉燃え上らんとしつゝあり

昭和二十三年。
大木の紅葉が朝に昼に晩に紅を増しつつある。今やまさに燃え上ろうとしている。

暑き日は暑きに住す庵かな

昭和二十四年。

暑い日は暑さの中に安住しておる。寒き日は寒さの中に安住しておる。

虚子一人銀河と共に西へ行く

昭和二十四年。

夜更けて一人銀河に対す。銀河はだんだんに西へ傾いて行く。宇宙は大、我は小。宇宙は複雑、我は孤独。若かじ銀河と共に西へ行かん。

人生は陳腐なるかな走馬燈

昭和二十四年。

走馬燈を見ておると、何度となく同じ映像がくりかえさるる。人生もまたかくの如きか。

物貰ふ我も乞食か明の春

昭和二十四年。

老年をあわれんでの贈物。また何かに対する礼心。こんなに物を貰って生活しておる自分は乞食か。新年所感。

今日寒し昨日暑しと住み憂かり

昭和二十五年。

天候不順だ。人のつくっておる社会が住み憂い許りで無く、自然界もまた住み憂い。

熱燗に泣きをる上戸ほつておけ

昭和二十五年。

泣上戸はほうっておけ。我等はそんなものには頓著なく、飲み続けよう。……何事もその通り。

序〔菁柿堂版〕

私は平凡好きで、自伝というようなことを話そうとしても、記憶に上って来るところのものは平凡なことばかりであります。もう少し気の利いた景気のいいことはないかと思うのでありますがありません。

今朝も由比ヶ浜を散歩して来ました。もう海水浴の時候は過ぎ去りましたので、軒を並べていた脱衣場や売店もすっかり取り払われて、一時盛り場であったところもただ淋しい砂浜になってしまいました。浪打際には老婆が二人おりまして、一人は汐木を拾い、一人は海草を籠につめておりました。散歩しているものは私一人でありました。その外は鴉と鳶《とんび》がいるばかりでした。また遠くの方に犬が二匹いました。

こういう景色にはしょっちゅう接しております。明治の終りに鎌倉に移り住んでから接している景色であります。が、今朝は何だかしみじみとこの景色が眺められました。

由比の浪は今日は荒い方でありました。その荒い浪の彼方に、遥かの海上に、大島が僅かに見えておりました。そうして左手には逗子、葉山の海岸が出たり這入ったりして続いておりました。右手には近くに稲村ケ崎があり、それを隔てて遠くには伊豆の半島が突出ていて、その中の天城山が目立って見えていました。この景色はもう何十年前から見馴れた景色でありますが、今日はしみじみと眺められました。

帰ってから、自叙伝の序文を書かねばならぬのでこれだけのことを書きました。真砂子の「父虚子の記憶」という文章の方がむしろ主な読物であると思います。

昭和二十三年九月二十一日

鎌倉草庵にて

高浜虚子

序〔朝日新聞社版〕

自伝というものは、自分の過去のことを、大小となく記述するものである。自分の過去のことと言っても、その叙述の筆が、自分で自分を書くものであるから、自讃に傾いてもいかず、自嘲に過ぎてもいかず、なかなかむつかしいものであろう。「朝日新聞」から出版局の人が見えて、私に自伝を書けと言う。しかも小説のようなものでもいいと云う。まさか小説を伝記ということも出来まい。

私は、その日その日の出来事から過去の事に連想する記述を試みて見ようと思い立った。始め二、三回はそんなつもりで書き始めたが、中頃から興味を失い、約束の十二月になって、俄にあわて、一旦雑誌に発表したものも交え、漸く規定の枚数に達した。

私は従来、写生文というものを書いて来ておる。この書もまた、私の一年間の写生文を集めたものと言ってよい。

しかしこれが私においては自伝である。従来書き来った写生文も悉く私の自伝であると言って差支えないかもしれない。

昭和二十九年十二月三十一日

鎌倉草庵

高浜虚子

注解

岸本尚毅

（1）「しがらみ草紙」　森鷗外が創刊した文学評論雑誌。虚子は後年「「しがらみ草紙」や「水沫集」等を読んで鷗外には敬意を払つてゐました」「鷗外に逢つてみたいと云ふやうな考を持つてゐた」と述懐している（「還暦座談会」「ホトトギス」昭和九年二月号）。

（2）これより前…行ってみたことがありました　「これより前」は思い違いか。春休みに「東京へ十日ばかり」行ったのは、子規と嵐山に遊んだ年の翌年の明治二十六年である（「子規庵を訪ふ」『俳句の五十年』昭和十七年）。

（3）俳書出版　虚子は明治三十四年、書肆俳書堂を設け、俳書の出版を始めた。虚子の小説「柿二つ」（大正四年）に「「愈《いよいよ》Kは商売人になつた。」といふ冷評も聞えた。其は雑誌発行が書籍出版と移り行《ゆ》いた事を苦々しく思つた人の言葉であつた」とある。

（4）虚子は商売に…俳句がまずくなった　「俳諧評判記」（「ホトトギス」明治三十五年三月号）に

「虚子は(略)商売に身が入つて(略)句作が下手になつた」「虚子は俳諧師四分七厘商売人五分三厘」とある。碧梧桐の『子規の回想』(昭和十九年)は、この「俳諧評判記」は子規と碧梧桐の合作だったとしている(「月並論」)。

(5) **子規までが…あてこする** 子規の「病牀苦語」(「ホトトギス」明治三十五年五月号)に「商売に身が入つて句が下手になつたなどゝいふ悪口はもとより一座の滑稽話しに過ぎないとしても兎に角一方に注意すれば他の一方に不注意になるといふ事は人間に免れぬ事であるから、其点に就ては虚子も一応自ら顧ねばならぬ」とある。

(6) **俳体詩** 「二句の連続を主として、二句以上に意味の聯貫を保つ事は固より其目的では無い」連句に対し、「作者がはじめから連続せるものを作る考へで作つた」もので「三句以上連続のもの」を「俳体詩と呼ぶ」と虚子はいう(「俳体詩論」「ホトトギス」明治三十七年十月号)。虚子と漱石による俳体詩の作品に「尼」等がある(岩波文庫『漱石俳句集』)。

(7) **碧梧桐の新傾向句** 「新傾向俳句」は明治四十一年ごろから起った碧梧桐を先頭とする新傾向の俳句。碧梧桐門の論客の大須賀乙字《おおすがおつじ》は新傾向の特色として趣向の重視、暗示法の多用を指摘した。「新傾向」は一種の俳句運動でもあり、その流れは大正初期の自由律俳句に至った(『俳文学大辞典』「新傾向運動」「新傾向俳句」の項参照)。

(8) **碧梧桐の傾向を非難する文章を載せ** たとえば「所謂「新傾向句」雑感」(「ホトトギス」大

正二年六月号)で、虚子は碧梧桐の「新傾向」が「十七字といふ字数の制限の或点迄の破壊、五七五といふ調子の或点迄の破壊、季題趣味の或点迄の破壊等となつて俳句の存立を危くする」と指摘している。

(9) **「ホトトギス」誌上で発表し**　虚子と碧梧桐の論争では「温泉百句論争」が知られる。碧梧桐の「温泉百句」(「ホトトギス」明治三十六年九月号)をめぐり、十月号の虚子「現今の俳句界」、十一月号の碧梧桐「「現今の俳句界」を読む」、十二月号の虚子「再び現今の俳句界に就て」と誌上での応酬が続いた。

(10) **「新は深なり」**　「深く研究するに従つて新が自然に生れて来る」と虚子はいう(「新は深なり」「ホトトギス」大正十二年九月号)。

(11) **「花鳥諷詠」**　「花鳥諷詠と申しますのは花鳥風月を諷詠するといふことで、一層細密に云へば、春夏秋冬四時の移り変りに依つて起る自然界の現象、並にそれに伴ふ人事界の現象を諷詠するの謂であります」と虚子はいう(『虚子句集』昭和三年、自序)。

(12) **「古壺新酒」**　「俳句はもと発句といつた。――その発句即ち俳句は四百年前から十七字にきまつて居ります。今日でも十七字であります。それで容器《いれもの》としては随分古い古い壺である。併しながらその古い壺に盛る今日の酒は新らしい酒である」と虚子はいう(昭和五年十一月二日、第四回関西俳句大会での講演録)。

(13) **「玉藻」** 虚子の次女星野立子が創刊主宰した俳誌。

(14) **「高浜虚子」** 林火の『高浜虚子』(昭和十九年)は小説を含む虚子の作品を明治時代から昭和時代にかけて時代順に概観したもの。いっぽう秋桜子の『高浜虚子──並に周囲の作者達』(昭和二十七年)は虚子門の新鋭だった秋桜子が虚子の俳句観や指導理念に不満を募らせ、「ホトトギス」離脱に至った経過を記している。

(15) **私は文学報国会に赴いて** 虚子は柳田国男などとともに文学報国会連句委員会に参加した(柳田「炭焼日記」昭和十九年九月二十七日付)。そのメンバーで連句を行うこともあり、たとえば昭和十九年十月の「たゞ祈る」の巻には虚子、柳田、折口信夫(釈迢空)等が参加している(柳田「連句手帖」)。

(16) **「俳句綴り」** 「短夜や夢も現も同しこと」「酌婦来る灯取虫より汚なきが」など、虚子の句が随処に使われている。

(17) **今は亡き私の知っている女の人** 虚子門の俳人杉田久女(明治二十三〈一八九〇〉年─昭和二十一〈一九四六〉年)のことか。久女の文に「私は都府楼を名残おしくも立ち去り、も一度観世音寺に引返して美しいみ仏に秋の灯をささげ、月の鐘楼に登って釣鐘を心ゆく迄ついた」(「都府楼址」『久女文集』昭和四十三年)とあり、句に「月光にこだます鐘をつきにけり」(『久女句集』昭和二十七年)がある。

(18)「週刊サンケイ」　「週刊サンケイ」昭和二十九年十月三十一日号に「カメラ自叙伝《高浜虚子》」という記事がある。

(19)下宿屋の主となった　虚子の『俳句の五十年』に「下宿屋を営んでをりました私の一番末の兄、その兄はやはり営業上どうも思はしくないので、私もその点の心配をしてをりましたが、遂にチブスにかゝりまして、それが元になり、赤十字病院で亡くなりました」とある。明治三十四年に死んだこの兄をモデルにして虚子は小説「続俳諧師」(明治四十二年)を書いた。

(20)「明治二十九年の俳句界」　子規は新聞「日本」に「明治二十九年の俳句界」を寄稿。碧梧桐は「印象の明瞭」、虚子は「時間的」と「人事を詠じたる事」がその句風の特色だと評し、両者を有望新人として世に押し出した。

解説　虚子自伝から見えて来るもの

岸本尚毅

俳人虚子という生き方

中世の連歌や近世の俳諧に淵源を持つ俳句は日本人の精神世界の一部となっている。その歴史において近代の高浜虚子は近世の芭蕉に匹敵する存在といえよう。正岡子規は近世以来の宗匠俳諧(旧派)に対する新派のリーダーとして明治期の俳句を主導した。それを引き継ぐ形で虚子は明治・大正・昭和にわたって俳壇の中心にあり続けた。

昭和二十九年の文化勲章受章者一覧を見ると「高浜清」の「専攻」は「俳句」とある。ここでいう「俳句」はたんに五七五の短い詩を書くだけのことではない。俳人虚子の間口は広い。選者として夥《おびただ》しい句を生涯選び続けた。指導者として門下から多くの俳人を輩出した。「ホトトギス」の編集者として俳論や俳話、座談会などを企画。同誌は解釈や鑑賞、批評等を行う俳句の言論空間となった。虚子はたんなる一作者ではなく、俳句と関わる場を広く人々に提供するプラットフォーマーだったのである。

小説家は小説という作品で収入を得る。俳人は俳句を詠んでも金にならない。虚子の生業は句作ではなく、選者を中心にした結社(俳句サークル)の運営であり、その媒体たる「ホトトギス」という会員制活字メディアの経営だった。小説家が製造業だとすれば、俳人虚子はサービス業であり、情報産業だった。

二十二、三から、今日七十四歳まで、時によって盛衰はあっても、俳句を作ったり、文章を書いたりして、いわゆる文芸に遊びつつ今日まできたことは、荘子のいわゆる「踵で息をする」というような心持でやってきたものであります。(「文芸に遊ぶ」)

虚子の文章には余裕が感じられる。作品が売れることに賭けた小説家の厳しさとは違う。いっぽうで虚子は虚子なりに職業的文学者としての生き方を模索した。

長女の真砂子が明治三十一年の三月に生れました。私もいつまでも零細な稿料をかき集めているくらいではやりきれなくなりましたので、一つ生計のために雑誌を発行してみようと思いたちまして(略)「ホトトギス」第二巻第一号という名義で、私が出す雑誌の初号を発行することになりました。(「「ホトトギス」発行」)

妻子を養うためもあって詩から小説に転じた室生犀星とは逆に、小説家志望の虚子は小説を断念。俳句雑誌の主宰という生き方を見出した。虚子が編集・発行人となった「ホトトギス」は、近世以来の俳諧の「座」を、近代的な「結社」に模様替えしたものだともいえる(坪内稔典『モーロク俳句ますます盛ん　俳句百年の遊び』)。

人脈と人物

虚子は文豪たちとの関係にしばしば言及している。夏目漱石の「吾輩は猫である」を山会《やまかい》で披露。徳田秋声の「新世帯《あらじょたい》」を「国民文学」に掲載。森鷗外邸での口述筆記等々。自伝では触れていないが、鷗外の依頼で『うた日記』に載せる俳句を選んだという(『俳句の五十年』昭和十七年)。若き日の虚子は小説家志望であり、ときに編集者として小説家に対した。ところが国民新聞社退社後は「ホトトギス」を「俳句雑誌本来の面目」に戻す。以後は「小説の方にはうとうとしくなっています。しかし文章ということは何時も忘れませんでした」(「文章」)という。その小説に対する感情には複雑なものがあったと思われる。徳富蘇峰が預かった原稿を自分の見識で不採用にしたり、国民新聞に連載する小説の書き手として小栗風葉ではなく徳田秋声を選んだりと、あたかも小説の目利きのように振舞った。鷗外を「ホトトギス」二百号記念の能楽に招くなど、文壇の外にあって「文壇の人々」と交際した。小説の風下に立つまいとする俳人虚子。その姿には、かつて断念した小説に対する屈折した心理が見て取れるのではなかろうか。

　虚子の人脈は多彩である。比叡山など仏教界との関係、「宝文会」での著名人士との交際など。門人も多様である。丸ビルを介して知り合った赤星水竹居《あかほしすいちくきょ》は三菱地所の社長をつとめた。水原秋桜子の『高浜虚子』のなかで、水竹居は「ホトトギス」を離脱する秋桜子を親身になって心配する思慮深い人物として描かれている。

　芸者の竹田《たけだ》小《こ》時《とき》、酒井《さかい》小《こ》蔦《つた》、下田《しもだ》実花《じつか》や舞踊家の武原はんなども俳句や写生文を「ホトトギス」に投稿した。虚子選『ホトトギス雑詠選集』(昭和十五―十八年)には「口ぐせの口三味線に金魚見る　小時」「三千歳を弾かして唄ふ炬燵かな　小蔦」などが入選している。若くして「風流懺法《ふうりゅうせんぼう》」を書いた虚子にとって花柳界もその文学の一部だった。

人脈づくりに長じた虚子だが、門下の俊英の秋桜子が「ホトトギス」を去るという事件があった。秋桜子は本書に二か所登場する。一つ目は「山会」の参加者として、虚子は公平に秋桜子の名を挙げている。二つ目は大野林火の『高浜虚子』のくだり。「私の俳句の解釈はおおむね要領を得ておったように思う。また、懇切叮寧でもあったが、その結論には異見もあった」と林火の本を評しつつ、秋桜子の本に言及している。

秋桜子君の書いた同じ「高浜虚子」という題名の書物が出た時に、(この林火君の書物は一本を恵贈してくれたので読んで見た。秋桜子君からは送って来なかったので遂に読む機会を得なかった。) また「高浜虚子」という題名の書物が出たのかとおかしく思った。死んで後ち出るのなら兎も角、生きておる間に私の名前の書物が二冊も出たことをおかしく思った。(「高浜虚子」)

と、虚子に献本しない秋桜子の狭量さを揶揄しつつ「生きておる間に私の名前の書物が二冊も出たことをおかしく思った」ととぼけている。

虚子は人脈を誇示することなく、諸士との交遊をたんたんと書いている。筆致は終始冷静、ときに冷淡。そこから浮かび上がってくる虚子の人物像は、たんに老獪の一言では括りきれない、優しさ、人懐っこさ、無邪気さ、傲岸さなどを併せ持った複雑なものである。

職業俳人としてしたたかに生き抜いた虚子。その幼少期は「人と争うというようなことは好まない、臆病な弱虫」(「京都」)だった。故郷の伊予松山の記憶が美しく書きとめられているが、風光明媚なその町は佐幕藩の不遇を託《かこ》っていた。こうしたことも自伝を綴る虚子の心に影を落としている。

自伝と写生文

自伝は「写生文を集めたもの」であり、「従来書き来った写生文も悉く私の自伝」だと虚子はいう(「序(朝日新聞社版)」)。そもそも写生文とは何だろうか。

写生文は読物である。其点は小説と同様であるが、小説はフィクションを貴ぶ。写生文はそれを斥ける。而かも面白い読物であることを目的とする。(「「現代写生文

集」に思ふ」「ホトトギス」昭和三十一年一月号）

と虚子はいう。自伝も写生文である以上「面白い読物」であることを意図して書かれたのである。

自伝に「高浜の彦さん」という小品が収録されている。これを書いた八十歳の虚子にとって「彦さん」は懐かしい松山の思い出の一部である。同じ題材を取り上げた「高浜彦蔵」（「ホトトギス」昭和十二年二月号）という写生文はこんな内容である。——病気の治療費に困っている彦蔵から、遠縁の者を介し無心の手紙が来た。高浜家の長である虚子は彦蔵に金を送った。「古風な堅苦しい字で認めた」「きまり切つた文句」の礼状が届いた。喜寿の祝を送ると「同じやうなきまり切つた文句で挨拶状が来た」。帰省した折、虚子は多忙な日程の中、遠縁の者に乞われて彦蔵と会った。六十年近く会わなかった彦蔵の様子は「少し芝居がゝつてゐるやうに思へて私にはいゝ感じを与へなかつた」。虚子は金を与えて彦蔵と別れた。その後、病気が悪化したと再び無心の手紙が来た。放置していたら彦蔵の世話人から「威嚇らしい文面にも解釈されぬこともない」手紙が来た。次の帰省のとき虚子は世話人に金を渡した。その後、彦蔵の訃報が届き、彦蔵の大家から葬儀代を要求する電報が来た。――ここに描かれているのは、上京して成功し、高浜家の長老となった虚子と、虚子が迷惑な顔をしながら金銭を扶助した一族の厄介者彦蔵との関係である。いっぽう「彦さん」では金銭の無心などのディテールは捨象され、逆に、虚子の父が彦さんに切腹を迫った幼時の記憶が追記されている。親類縁者から叱れ、疎んぜられる情けない「彦さん」と、したたかな厄介者の「彦蔵」。事実を取捨選択することによって、虚子は同じ人物を二通りに描き分けたのである。

同じ出来事でも菁柿堂版と朝日版とでは筆致が異なる。たとえば、幼い虚子が「女遍路」に連れていかれそうになった事件。これを菁柿堂版は「私位な子供を亡くした、哀れな女遍路であったろうということでありました」(「西の下」)と、一つの出来事としてたんたんと記述する。いっぽう朝日版には「女の遍路というのはどういう女であったのか。その部落の娘というのがどういう娘であったのか。それ等について母は私に何も話さなかった」「「娘が来合せたのでよかった。どこに連れて行かれるか分らなかった。」そう母は言ったが、私はその遍路がなつかしく思われた」(「遍路の一」)とある。朝日版は、物心ついた虚子に母が思い出として話したこと、さらに話さなかったことまでを書くことで、遍路というものに対する虚子自身の心の陰影を深く掘り下げている。

虚子が子規の後継者たることを謝絶した場面を、菁柿堂版は「だんだん話がむずかしくなりまして、そんな風だと後継者にするわけにはゆかないという、私は後継者として貰わなくとも結構だということになり、ついに後継者問題は決裂した」(「文芸に遊ぶ」)と記す。朝日版は「種々問答の末、遂にその事を辞退した」(「無学」)とある。いわゆる道灌山事件は「決裂」なのか「辞退」なのか。――『子規居士と余』(大正四年)では「初めて居士から話を聞いた時に、裁然として謝絶することが出来たら其上越《そのうえこ》すことは無かつたのであるが、其時其が出来無かつた以上、婆の茶店で率直に断つたといふ事は双方に取つて幸福なことであつた」と述懐する。小説の『柿二つ』(大正四年)では、子規から後継者問題を打ち明けられたK(虚子)の反応を「Kは其を悦ぶ容子が見えなかった。好意は感謝するけれども、其重任は自分には果せないから辞退すると明に断言した」と描写する。『俳句の五十年』も「子規の委嘱を辞退」という言い方をしている。

虚子は多くの場合、子規からの「好意」あるいは「委嘱」を自分が「辞退」あるいは「謝絶」したといった。そのうえで「道灌山の破裂以来も、尚ほ他の多くの人よりも比較的親しく厚い交誼《こうぎ》を受け薫陶を受けた事は事実である。だから一面から之を見ると、其婆の茶店の出来事といふのも畢竟一時の小現象に過ぎなかった」(『子規居士と余』)といい、「後継者ということを辞退したとはいうものの、俳句や文章においては子規の志を継いで今日まで来ておる」(「無学」)という。俳人虚子は事実上、子規の「後継者」であり、道灌山事件は子規の意志も働いての「決裂」であってはならなかったのである。

いっぽう菁柿堂版の「決裂」はニュアンスが違う。菁柿堂版の「子規の死」で、虚子は「子規なき今日はどうしたらいいか、もはや自分を立てるよりほかに道はないということになりました」と語っている。人間虚子の自分史の色合いの濃い菁柿堂版においては、道灌山事件は「決裂」であり、「子規の死」は子規からの自立を意味したのである。

菁柿堂版と朝日版は性質を異にする。大まかにいえば、菁柿堂版は人間虚子の自分史。朝日版は俳人虚子の逸話集ということになろうか。菁柿堂版には故郷のことや幼少時の思い出、文学に志した青年期、俳人として地歩を固めるまでとそれ以降の活動が時系列に従って記されている。菁柿堂版を、虚子は「初め文芸に遊ぼうと志して、高等中学を中退して、自ら荊棘の道を選んだ私は、今日かかる状態に追いやられてきている」(「小諸(菁柿堂版)」)と総括して擱筆している。「かかる状態」とは、俳人でありながら散文への意欲を捨てきれない状態。当時の虚子は『虹』(昭和二十二年)、『現代写生文集』(昭和三十年)を刊行するなど、散文の面でも晩年の活動期にあったのである。

いっぽう朝日版の総括は「謡が好きと人にいわれている虚子の自伝はこれで一応終りとなった」(「有島海荘、宝文会」)という形ばかりのもので、自伝と称しつつ、俳壇の大御所となった虚子のエピソード・トークが中心である。幼時の思い出や子規のことなど菁柿堂版と重複する部分もあって自伝になる材料は揃っているものの、時系列に従っていないところは「その日その日の出来事から過去の事に連想する記述を試みて見よう」と「序(朝日新聞社版)」に述べている通りである。

菁柿堂版の人間虚子は「臆病な弱虫」だった。そんな少年が紆余曲折を経て俳壇に地歩を占めるに至る。いっぽう朝日版の虚子は俳壇の権威であることを決して誇示することはなく、しかし、その大物ぶりを時には傲岸なまでに印象づける。この二つの異質な自伝を並べ読むことは、虚子という複雑で奥深い人物を理解する上で一つの手がかりとなるのではなかろうか。

「俳句」

巻末の四十八句(朝日版より)は既刊句集の収録句二千余から抽出したもの。「遠山に日の当りたる枯野かな」など代表作も含むが、「萩を見る俳句生活五十年」のような何の変哲もない句も引く。その無造作な選び方は日常坐臥すなわち俳句という晩年の境地を反映しているかのようである。写実的な句より「秋風や心の中の幾山河」のような感慨の句が目立つのは、ふだん俳句を読まない一般読者にも意味が通じ易い句を選んだのかもしれない。

自解は総じて簡要を得たもの。「暑き日は暑きに住す庵かな」の「暑い日は暑さの中に安住しておる。寒き日は寒さの中に安住しておる」という自解は素っ気ないが、「暑き日は」から「寒き日は」に言及したのは句意に忠実な読み方である。「稲妻を踏みて跣足の女かな」は、句集『喜寿艶』(昭和二十五年)では「何かたゞならぬ跣足の女」と自解しているが、本書では「呪いの女」とまで言い切った。「山国の蝶を荒しと思はずや」の自解には「後ろを歩いて来ていた年尾、比古をかえりみた」とある。「思はずや」という呼びかけの言葉が読者の心に呼び起こすのはまさにこのような情景だ。

「天地の間のほろと時雨かな」は、初出の「ホトトギス」昭和十八年十二月号も『六百句』(昭和二十二年)も「天地の間にほろと時雨かな」である。「天地の間に…」のほうが分り易いが、「天地の間の…ほろと時雨かな」と、「の」のあとに間を置いて読むと「の」も捨てがたい。「の」はたんなる誤記だろうか。「天地の間の…」と書いた瞬間の虚子の頭の中を覗いてみたいような気がする。

この四十八句は、次男の友次郎が「ホトトギス」七百号記念の作曲をするための材料だったと虚子は記している（昭和三十年三月）。しかし同年五月の祝賀会で安川加寿子が弾いたのは、虚子の句で作った曲ではなく、一年前に友次郎が安川のために書いた「ソナチネ」だった（「ホトトギス」昭和三十年八月号）。

本書について

本書は二つの『虚子自伝』をまとめたもの。「西の下」から「小諸（菁柿堂版）」までは菁柿堂版、以降は朝日新聞社版による。

本書の冒頭に「ごく平凡な人間のことをごく平凡に簡単に述べてみましょう」（「西の下」）とあり、「序（菁柿堂版）」に「私は平凡好きで、自伝というようなことを話そうとしても、記憶に上って来るところのものは平凡なことばかり」とある。

虚子は「平凡」という言葉を好んだ。

我等にしても、別に俳人でございと云つて、自らどこをどう称するといふことはない。(略)ホト、ギスといふ雑誌を出す為には、編輯もするし、時には、営業方面のことにも携はつて、日々かうして発行所へ出てゐる、といふ平凡な一市人に過ぎません。(「芭蕉の境涯と我等の境涯」「ホトトギス」大正十二年七月号)

芭蕉のやうな特別な境遇に居ることも、無論意味があるのですが、我等の如く平凡な境遇に居ることも、さうして己を空うして、宇宙自然を観察して、俳句を作るといふのも意味の深いことであらうと思ひます。(同前)

あなたは平凡の価値を解しているようである。これは大した事だ。(岩波文庫『立子へ抄』)

偉い人は偉い人に任しておいて、お互は平凡な人の友として、俳句に携わっていようではないか。(同前)

子規は「日蓮が好きであった」(「絵巻物」)と虚子はいう。日蓮も子規も偉人である。いっぽう虚子は自らを「ごく平凡な人間」だという。この一見卑下したかのような「平凡」という言葉は、子規の影を背負って生き続けた虚子という人物のしたたかな自己肯定の表明のようにも思えるのである。

高浜虚子略年譜

明治七（一八七四）年

2月22日、愛媛県温泉郡長町新町（現・松山市湊町）に生れる。本名は清。父は旧伊予松山藩士池内庄四郎（荘四郎とも）政忠。母は柳。兄に政忠、信嘉、政夫がいた。

この年、西ノ下に移住。

明治十四（一八八一）年　7歳

松山に戻る。

明治十五（一八八二）年　8歳

5月、祖母死去。祖母方の高浜姓を継ぐ。

明治二十一（一八八八）年　14歳

9月、伊予尋常中学校に入学。※河東秉五郎（碧梧桐）と同級となる。（※　明治二十年の入学とする資料もあるが、同校の開校は明治二十一年である。)

明治二十四(一八九一)年　17歳

3月、父死去。5月、碧梧桐を介して東京の正岡子規に初めて手紙を送る。6月、帰省した子規と初めて会う。10月、子規の命名により清にちなみ虚子と号する。

明治二十五(一八九二)年　18歳

4月、伊予尋常中学校卒業。9月、京都第三高等中学校に入学。11月、子規と京都に遊ぶ。

明治二十六(一八九三)年　19歳

9月、碧梧桐が京都第三高等中学校に入学し、同宿。

明治二十七(一八九四)年　20歳

9月、仙台第二高等学校に転校。10月、同高を退学、上京。

明治二十八(一八九五)年　21歳

5月、日清戦争従軍記者となった子規が、帰路に喀血。その子規を神戸病院・須磨保養院で看病。12月、日暮里の道灌山で子規に後継者となることを求められたが辞退。

明治三十(一八九七)年　23歳

1月、柳原極堂が松山で「ほとゝぎす」を発刊。6月、大畠いとと結婚。9月、兄政夫の下宿業を手伝う。

明治三十一(一八九八)年　24歳

1月、根岸子規庵で子規等と蕪村句集輪講を開始。3月、長女真砂子生まれる。10月、「ホトトギス」を東京に移し、発行人となる。同誌10月号から写生文の端緒となった「浅草寺のくさぐさ」を連載。11月、母死去。

明治三十三(一九〇〇)年　26歳

9月、根岸子規庵で初めて「山会」(文章会)が開かれ、出席。12月、長男年尾生まれる。

明治三十四(一九〇一)年　27歳

9月、俳書堂を設立し、俳書出版を開始。年の暮から病状悪化した子規の看病のため碧梧桐等と交替で当直。

明治三十五(一九〇二)年　28歳

9月、子規死去。

明治三十六(一九〇三)年　29歳

「ホトトギス」10月号に「現今の俳句界」を発表し、碧梧桐と対立。11月、次女立子生まれる。

明治三十八(一九〇五)年　31歳

「ホトトギス」1月号から夏目漱石の「吾輩は猫である」を連載し、好評。

明治三十九(一九〇六)年　32歳

3月、碧梧桐に対抗して「俳諧散心」(句会)を開催、翌年1月まで四十一回に及ぶ。10月、次男友次郎生まれる。

明治四十(一九〇七)年　33歳

「風流懺法」「斑鳩物語」「大内旅宿」をそれぞれ「ホトトギス」の4月号、5月号、7月号に発表。

明治四十一(一九〇八)年　34歳

2月から「俳諧師」を「国民新聞」に連載。8月、日盛会(句会)を毎日催す。「ホトトギス」10月号から雑詠欄を設ける(翌年7月に中断)。10月、国民新聞社に入社、文芸部を創設し、文芸部長となる。

明治四十二(一九〇九)年　35歳
　1月から「続俳諧師」を「国民新聞」に連載。5月、三女宵子生まれる。
明治四十三(一九一〇)年　36歳
　9月、国民新聞社を退社。12月、鎌倉由比ヶ浜に転居、以後逝去まで鎌倉に住む。
明治四十四(一九一一)年　37歳
　4月、6月に朝鮮へ旅行。7月から「朝鮮」を「大阪毎日新聞」「東京日日新聞」に連載。「ホトトギス」12月号から「子規居士と余」を連載。
明治四十五・大正元(一九一二)年　38歳
　7月、「ホトトギス」に雑詠欄を復活。同月、四女六《ろく》生まれる。
大正二(一九一三)年　39歳
　「ホトトギス」1月号で、碧梧桐らの新傾向に反対し俳壇に復活することを宣言。
大正三(一九一四)年　40歳
　4月、四女六死去。7月、鎌倉に能舞台を完成させる。
大正四(一九一五)年　41歳
　1月から「柿二つ」を「東京朝日新聞」に連載。同月、五女晴子生まれる。「ホトトギス」4月号から「進むべき俳句の道」を連載。

大正五(一九一六)年　42歳

「中央公論」1月号に「落葉降る下にて」を発表。8月、虚子編『子規句集講義』刊。12月、漱石死去。

大正六(一九一七)年　43歳

「ホトトギス」2月号から「漱石氏と私」を連載。

大正八(一九一九)年　45歳

「中央公論」1月号に新作能「実朝」を発表。6月、六女章子生まれる。

大正九(一九二〇)年　46歳

10月、軽微なる脳溢血にかかり、一カ月静養。以後禁酒。

大正十二(一九二三)年　49歳

1月、「ホトトギス」発行所を丸ノ内ビルディングに移す。9月、関東大震災、鎌倉の虚子宅も罹災。

大正十四(一九二五)年　51歳

「ホトトギス」10月号から「雑詠句評会」を連載。

昭和二(一九二七)年　53歳

6月、山茶花句会の席上、初めて「花鳥諷詠」を説く。

昭和五(一九三〇)年　56歳

6月、立子に「玉藻」を創刊主宰させる。8月、武蔵野探勝会(吟行句会)第一回を催す(昭和十四年1月の第百回まで継続)。

昭和六(一九三一)年　57歳

「ホトトギス」7月号以降、前年同時期の句稿を整理した「句日記」の形で俳句を発表するようになる。水原秋桜子が「馬酔木」10月号に「自然の真と文芸上の真」を発表、「ホトトギス」を離れる。

昭和九(一九三四)年　60歳

11月、虚子編『新歳時記』刊。

昭和十(一九三五)年　61歳

11月、中村吉右衛門のために書いた「髪を結ふ一茶」が東京劇場で上演される。

昭和十一(一九三六)年　62歳

2月、章子を伴い、渡欧。6月、帰国。

昭和十二(一九三七)年　63歳

6月、句集『五百句』刊。同月、帝国芸術院会員に推される。8月、『ホトトギス雑詠選集 春の部』の選に没頭、昭和十三年から十八年にかけて春夏秋冬の各部刊。

昭和十七(一九四二)年　68歳

6月、日本文学報国会俳句部会長となる。5月、『立子へ』刊。12月、『俳句の五十年』刊。

昭和十八(一九四三)年　69歳

8月、句集『五百五十句』刊。

昭和十九(一九四四)年　70歳

9月、長野県小諸町に疎開。

昭和二十(一九四五)年　71歳

8月、終戦。12月、小諸草庵で稽古会を催す。

昭和二十一(一九四六)年　72歳

6月、「ホトトギス」六百号記念小諸俳句大会を開き、以後各地の「ホトトギス」六百号記念俳句会に出席。12月、『小諸百句』刊。

昭和二十二(一九四七)年　73歳

「苦楽」1月号に「虹」を発表。2月、句集『六百句』刊。10月、小諸を去り、鎌倉に帰る。

昭和二十三(一九四八)年　74歳

11月、『虚子自伝』(菁柿堂)刊。

昭和二十五(一九五〇)年　76歳

7月、鎌倉虚子庵で東西稽古会を催す(若手育成のための句会で、昭和三十三年まで継続)。

昭和二十六(一九五一)年　77歳

「玉藻」2月号から「俳諧日記」を連載。「ホトトギス」雑詠選を3月号から長男年尾に譲る。

昭和二十八(一九五三)年　79歳

10月、比叡山に赴き逆修石塔(虚子塔)開眼式に列する。

昭和二十九(一九五四)年　80歳

11月、文化勲章を受章。

昭和三十(一九五五)年　81歳

1月、『俳句への道』刊。4月から俳話を「朝日新聞」に連載(後に『虚子俳話』として刊)。4月、『虚子自伝』(朝日新聞社)刊。6月、句集『六百五十句』刊。

昭和三十三(一九五八)年　84歳

「ホトトギス」1月号から「私」を連載。

昭和三十四(一九五九)年　85歳

4月1日、脳幹部出血で倒れる。8日、午後4時に虚子庵で永眠。戒名は虚子庵高吟椿寿居士。14日、従三位勲一等瑞宝章を賜わる。17日、青山斎場で葬儀。墓は鎌倉寿福寺。

平成十二(二〇〇〇)年

3月、兵庫県芦屋市に虚子記念文学館、長野県小諸市に小諸高浜虚子記念館が開館。

平成十三(二〇〇一)年

9月、神奈川県鎌倉市に鎌倉虚子立子記念館が開館。

作成に当たり、「略年譜」(平井照敏、『新潮日本文学アルバム38　高浜虚子』、新潮社、一九九四年十月)、「虚子研究年表」(松井利彦、『定本高浜虚子全集　別巻』、毎日新聞社、一九七五年十一月)、「年譜」(『現代日本文学大系19　高浜虚子・河東碧梧桐集』、筑摩書房、一九六八年十二月)、「年譜」(松井利彦、『日本の詩歌3　正岡子規・伊藤左千夫・長塚節・高浜虚子・河東碧梧桐』、中央公論社、一九六九年九月)、「年譜」(楠本憲吉、『日本の文学15　石川啄木・正岡子規・高浜虚子』、中央公論社、一九六七年六月)を参照した。

(岸本尚毅編)

[編集附記]

一　本書は、『虚子自伝』(菁柿堂、一九四八年十一月刊)、『虚子自伝』(朝日新聞社、一九五五年四月刊)を底本として、新たに編集した。

一　菁柿堂版、朝日新聞社版に収録された以下の虚子本人以外の対談、文章は、採録しなかった。菁柿堂版の「父虚子の記憶」(真下真佐子)、朝日新聞社版の「八、放送」(富安風生との対談)、「二十三、昭和文学全集虚子篇、月報」(京極杞陽「米寿鬼」、中田みづほ「俳句のことは虚子に聴け」)である。朝日新聞社版には、章題に「一、宝文会員来襲」から「二十七、有島海荘、宝文会」まで、漢数字が付されているが、本書では、採用しなかった。

一　原則として漢字は新字体に、仮名づかいは現代仮名づかいに改めた。ただし、文語文は歴史的仮名づかいとした。

一　漢字語のうち、使用頻度の高い語を一定の枠内で平仮名に改めた。平仮名を漢字に変えることは行わなかった。

一　明らかな誤りは訂正した。

一　本文中に、今日からすると不適切な表現があるが、原文の歴史性を考慮してそのままとした。

(岩波文庫編集部)

新編 虚子自伝《きょしじでん》

2024年4月12日 第1刷発行

著 者 高浜虚子《たかはまきょし》

編 者 岸本尚毅《きしもとなおき》

発行者 坂本政謙

発行所 株式会社 岩波書店
〒101-8002 東京都千代田区一ツ橋 2-5-5

案内 03-5210-4000 営業部 03-5210-4111
文庫編集部 03-5210-4051
https://www.iwanami.co.jp/

印刷・精興社 製本・中永製本

ISBN 978-4-00-360046-7 Printed in Japan

読書子に寄す

――岩波文庫発刊に際して――

岩波茂雄

真理は万人によって求められることを自ら欲し、芸術は万人によって愛されることを自ら望む。かつては民を愚昧ならしめるために学芸が最も狭き堂宇に閉鎖されたことがあった。今や知識と美とを特権階級の独占より奪い返すことはつねに進取的なる民衆の切実なる要求である。岩波文庫はこの要求に応じそれに励まされて生まれた。それは生命ある不朽の書を少数者の書斎と研究室とより解放して街頭にくまなく立たしめ民衆に伍せしめるであろう。近時大量生産予約出版の流行を見る。その広告宣伝の狂態はしばらくおくも、後代にのこすと誇称する全集がその編集に万全の用意をなしたるか。千古の典籍の翻訳企図に敬虔の態度を欠かざりしか。さらに分売を許さず読者を繋縛して数十冊を強うるがごとき、はたしてその揚言する学芸解放のゆえんなりや。吾人は天下の名士の声に和してこれを推挙するに躊躇するものである。このときにあたって、岩波書店は自己の責務のいよいよ重大なるを思い、従来の方針の徹底を期するため、すでに十数年以前より志して来た計画を慎重審議この際断然実行することにした。吾人は範をかのレクラム文庫にとり、古今東西にわたって文芸・哲学・社会科学・自然科学等種類のいかんを問わず、いやしくも万人の必読すべき真に古典的価値ある書をきわめて簡易なる形式において逐次刊行し、あらゆる人間に須要なる生活向上の資料、生活批判の原理を提供せんと欲する。この文庫は予約出版の方法を排したるがゆえに、読者は自己の欲する時に自己の欲する書物を各個に自由に選択することができる。携帯に便にして価格の低きを最主とするがゆえに、外観を顧みざるも内容に至っては厳選最も力を尽くし、従来の岩波出版物の特色をますます発揮せしめようとする。この計画たるや世間の一時の投機的なるものと異なり、永遠の事業として吾人は微力を傾倒し、あらゆる犠牲を忍んで今後永久に継続発展せしめ、もって文庫の使命を遺憾なく果たさしめることを期する。芸術を愛し知識を求むる士の自ら進んでこの挙に参加し、希望と忠言とを寄せられることは吾人の熱望するところである。その性質上経済的には最も困難多きこの事業にあえて当たらんとする吾人の志を諒として、その達成のため世の読書子とのうるわしき共同を期待する。

昭和二年七月